CŒUR GRENADINE

Pour Aviva et Isaac, avec tendresse.

Illustration de couverture : © Adobe Systems Incorporated / juliasudnitskaya

Ouvrage initialement publié par Scholastic Inc. sous le titre : *Macarons at Midnight*
© 2015 Suzanne Nelson
Cet ouvrage a été proposé à l'éditeur français par l'agence EDITIO DIALOG, Lille.

Loi n° 49-956 du 16 juillet 1949 sur les publications destinées à la jeunesse.
Dépôt légal : février 2019
Deuxième édition

ISBN : 978-2-7470-8637-0

Suzanne Nelson

CŒUR GRENADINE

Un macaron pour deux

Traduit de l'anglais (États-Unis)
par Maud Ortalda

bayard jeunesse

1

Je compris que ma Saint-Valentin était vouée à l'échec en découvrant la monstruosité amphibie qui me regardait dans le miroir. Le costume que j'arborais sortait tout droit d'un cirque démoniaque. Des pétales de tulle vert marais en guise de jupe longue, un justaucorps entièrement recouvert de paillettes roses et vertes... et je devais me rendre à une fête dans cette tenue ? Ma vie sociale à Whitman ne s'en remettrait jamais. Je m'appuyai contre la porte de la salle de bains, mais quelqu'un toqua.

– Lise, si tu ne te dépêches pas on va être en retard, dit une voix haut perchée, nasale et *agaçante.*

Destry. Je n'habitais avec ma demi-sœur que depuis une semaine, mais je savais déjà reconnaître le ton de sa voix quand elle était énervée, impatiente, voire les deux.

– Allez, Lise ! insista-t-elle.

Les deux, donc.

Résignée, j'ouvris la porte sur le couloir où tout le monde semblait m'attendre.

Mon père me prit les mains pour me faire sortir de la salle de bains et nous regarda tour à tour, Destry et moi.

– Magnifique ! Merveilleux ! Mes deux *anjinhas* !

Mon père étant brésilien, j'étais habituée à l'entendre glisser des mots portugais dans ses phrases. Sauf que jusqu'à maintenant, il n'avait jamais prononcé le mot « *anjinhas* » au pluriel. Depuis quand papa appelait-il Destry son « petit ange » ? C'était *mon* surnom... pas le sien.

– Aaaah, Lise, s'exclama ma belle-mère, Gail, derrière son gros ventre de femme enceinte. Ton costume est très original et... mignon !

Je souris poliment, mais qui croyait-elle duper ? Elle n'avait ajouté « mignon » qu'après coup, pour se rattraper. On disait des mots comme « original » ou « intéressant » quand on ne trouvait aucun compliment flatteur, c'était bien connu.

– Et ce masque est très intéressant, ajouta Gail.

Bingo. Elle se pencha pour l'examiner de plus près.

– Ton père m'a dit que tu l'avais fabriqué toute seule.

Mon masque était un nénuphar vert pailleté, orné d'une fleur rose et d'une toute petite grenouille dorée. C'était le seul élément de ce costume criard que j'aimais.

– Elle se déguise en grenouille, gloussa Destry. Elle a déjà la voix d'une grenouille.

– J'avais une laryngite, marmonnai-je.

Pour rien au monde je ne lui aurais donné raison, mais j'avais bien été enrouée toute la semaine.

– Et je suis déguisée en *princesse* grenouille.

– C'est évident ! Très malin ! fit Gail en inclinant la tête. Destry... ce ne serait pas le tutu de *Casse-Noisette* de ton année de cinquième ?

– Lise n'avait pas de costume, et c'est une soirée déguisée, expliqua Destry en souriant.

Elle lissa sa robe longue d'un blanc immaculé et ajusta son masque de cygne étincelant qui mettait en valeur ses cheveux blond platine et sa peau pâle.

– C'était la seule tenue qui lui allait, ajouta-t-elle l'air de rien. Je suis plus grande qu'elle.

Ce n'était pas tout à fait vrai. Elle avait dans sa penderie une magnifique robe fourreau bleu canard qui m'allait comme un gant. Mais quand j'avais émis l'idée d'en faire un costume de paon en ajoutant un serre-tête à plume, Destry avait refusé. « Oh non, avait-elle dit. C'est la robe que je portais au bal du collège. Elle est spéciale. J'ai été couronnée princesse des troisièmes avec. Et puis, de toute façon, cette couleur ne te va pas du tout. »

– Lise, tu ne trouves pas que c'est gentil de la part de Destry de t'avoir prêté un costume ? intervint papa. Et de t'inviter à une soirée ?

– Euh... oui, grommelai-je. Merci, Destry.

C'était ce que Gail et lui voulaient entendre. La veille, je les avais entendus dire à Destry qu'elle était *obligée* de m'emmener.

– Lise ne connaît encore personne ici, avait chuchoté papa dans la cuisine. Ce serait un excellent moyen de lui souhaiter la bienvenue.

– Mais elle a un an de moins que moi ! s'était plainte Destry. Les troisièmes ne traînent pas avec les quatrièmes !

– À cette fête, si, avait conclu fermement Gail. J'en ai déjà parlé à la mère de Becca. Son petit frère, Kyan, et d'autres quatrièmes seront là. Donc tu emmènes Lise avec toi, ou tu n'y vas pas du tout.

– Bon d'accord, avait craché Destry, dépitée.

Aujourd'hui, je sentais la rancune de Destry grignoter de plus en plus de terrain. Elle était suffisamment maligne pour le dissimuler à papa et Gail. Elle souriait avec ses grands yeux bleus.

– Je suis contente que tu viennes, dit-elle. Ça va être génial.

– C'est super, dit Gail en tapotant son ventre, vous vous entendez déjà si bien. Vous échangez vos vêtements. Je savais que c'était une bonne idée que vous partagiez votre chambre.

Je baissai la tête. Je détestais devoir partager ma chambre avec Destry. Sa garde-robe digne de la princesse de Galles débordait constamment partout par terre et jusque sur mon lit. En plus, la décoration donnait à sa chambre des airs d'énorme plumeau violet. Quand j'avais voulu accrocher mon poster des meilleures unes de journaux de tous les temps, Destry avait expliqué que ça n'irait pas avec « notre » déco. Comme je ne voulais pas me disputer, j'avais rangé mon poster sous mon lit. Il n'y avait rien dans cette chambre qui me ressemble. Chaque fois que j'y mettais les pieds, j'entrais illégalement sur le territoire de Destry.

Papa brandit son appareil photo.

– Prêtes pour la photo ?

– Papa, pitié, pas de photo, gémis-je. On est déjà en retard.

Je n'avais pas l'intention de le laisser immortaliser mon immonde tenue dans les albums de la famille Santos.

– Lise a raison, dit Destry au moment où un klaxon retentissait devant la maison. C'est Mme Michaels et Heidi. On doit y aller.

Elle se précipita à la porte.

– Bon, d'accord, dit papa. Amusez-vous bien ! ajouta-t-il en m'embrassant sur le front.

S'amuser. Avec la nervosité qui me rongeait, m'amuser ne serait probablement pas à l'ordre du jour, mais je me promis d'essayer.

– Pardon d'être en retard, dit Destry à son amie Heidi tout aussi glamour qu'elle, quand nous montâmes dans le mini-van. Lise a mis une éternité à se préparer.

– Tu as passé deux heures dans la salle de bains et tu ne m'as laissé que quinze minutes ! protestai-je.

– De toute façon tu n'avais pas besoin de beaucoup de temps. Moi, je devais me lisser les cheveux et me maquiller. Tu ne prends jamais la peine de faire tout ça, toi.

Le rouge commençait à me monter aux joues. Même si j'optais d'ordinaire pour un look naturel, ce soir j'avais tout de même appliqué un peu de mascara, du gloss et j'avais attaché mes épais cheveux bruns. C'était le mieux que je pouvais faire en si peu de temps, mais apparemment ça ne changeait pas grand-chose.

Je m'enfonçai dans mon siège. J'aurais dû rester à la maison. Je n'étais arrivée dans la petite ville de Whitman, dans le Massachusetts, que depuis une semaine, mais j'avais l'impression d'avoir quitté le confortable quatrième étage où je vivais avec maman et Bill à Boston depuis une éternité.

Jusqu'à présent, ma vie se passait parfaitement bien. J'étais une des meilleures élèves de mon collège, rédactrice en chef du journal de l'école, et j'avais un cercle d'amis très soudés avec qui j'avais grandi. J'avais même été ravie que maman épouse Bill quelques mois plus tôt. Je l'aimais bien, il aimait maman, et j'adorais la voir si heureuse. Tout se passait à merveille... jusqu'à ce que Bill accepte une mission de six mois en Suisse pour son travail et que maman décide de l'y suivre.

– Ça va aller, m'avait dit maman alors que j'essayais de retenir mes larmes. Et puis ton père voulait pouvoir passer plus de temps avec toi. Tu peux rester tout le printemps avec lui, terminer l'année scolaire et venir nous rejoindre en Suisse pour les vacances.

Une part de moi voulait déménager en Suisse avec maman et Bill. J'avais toujours vécu avec maman et je connaissais à peine la nouvelle famille de papa. Avant qu'il se remarie, il venait me voir un week-end sur deux à Boston, et pendant la saison du base-ball, nous assistions à presque tous les matchs des Red Sox ensemble. Mais depuis qu'il avait épousé Gail, je ne le voyais plus tellement. Il n'arrêtait pas de m'inviter à Whitman, mais je n'y étais allée que quelques fois, et je n'étais jamais très à l'aise en présence de Gail et Destry. Pourtant, mon côté pragmatique avait voulu emménager avec papa. L'an prochain, j'allais entrer au lycée[1]. C'était un grand pas. Mais ça signifiait que je devais d'abord terminer le collège et ça me paraissait plus logique de rester aux États-Unis pour ça.

J'étais donc à Whitman, habillée en têtard recouvert de tulle, traînée à une soirée de Saint-Valentin, alors que Boston me manquait un peu plus à chaque seconde.

– Voilà le marché, dit Destry en descendant de voiture. Je te présente à quelques personnes, mais

1. Aux États-Unis, le collège se termine à la fin de la quatrième et le lycée commence en troisième (NDT).

je ne joue pas les baby-sitters. Ce soir, je m'éclate avec mes potes. Pigé ?

– Pas de problème, répondis-je en essayant d'avoir l'air le plus cool possible.

Une guirlande de cœurs était accrochée à la porte de la maison tout illuminée de Becca. Mon cœur, à moi, battait la chamade. Je détestais les fêtes, je détestais les conversations sans intérêt avec des inconnus, je détestais rencontrer de nouvelles personnes. Cette soirée allait être une catastrophe.

Aplatie contre le mur décoré de cœurs du salon, je me sentais tout à fait invisible. Fidèle à sa parole, Destry m'avait présentée à quelques personnes avant de disparaître. Il y avait bien quelques autres quatrièmes à cette soirée, mais apparemment, le frère de Becca, Kyan, se terrait dans sa chambre (j'étais jalouse), et les autres convives de mon âge ne semblaient pas avoir envie de devenir mes meilleurs amis.

J'observais une fille appelée Vivika (Viv, pour les intimes), belle et grande comme un mannequin, se pavaner dans une robe digne de Cendrillon, au milieu de la foule.

– Je n'arrive pas à croire que tu vas faire une séance photos pour *Glam Ado* la semaine prochaine ! disait une fille à Viv (j'avais raison, elle était bien mannequin). Je veux trooop la même vie que toi ! Tu vas sûrement rencontrer un tas de gens cool.

Viv acquiesça avec une moue boudeuse.

– C'est bien, dit-elle avec hésitation. Mais je dois rattraper tous les devoirs que je rate et je passe la plupart du temps à attendre...

Les filles semblèrent toutes déçues. Elles espéraient sûrement entendre des potins sur des célébrités quelconques. Mais soudain le visage de Viv s'éclaira.

– Mais j'ai le droit de garder tous les vêtements ! J'ai eu une robe qui va être parfaite pour le bal de l'hiver. Trent va l'adorer.

Les filles se mirent à piailler d'excitation. Avec un sourire de plus en plus large, Viv entreprit de décrire ladite robe à son auditoire. Je songeai à articuler un « cool » ou un « waouh » pour m'incruster dans la conversation, mais au moment où je me décidai à ouvrir la bouche, Viv et sa suite disparurent dans la cuisine. Je m'adossai au mur, aussi soulagée de leur départ que frustrée d'avoir encore une fois raté ma chance de m'intégrer.

Je cherchai Destry parmi les ballons et les serpentins rouges et roses, sans succès. Papa venait nous chercher à 23 heures, il était 21 h 15 et je ne voyais pas comment j'allais survivre encore presque deux heures. Je me frayai un passage parmi le labyrinthe de convives masqués jusqu'à une chaise dans un coin.

En observant la pièce, une demi-douzaine de gros titres de journaux me vinrent instantanément à l'esprit. À Boston, ma meilleure amie, Simone, disait toujours pour rire que j'étais incapable d'éteindre mon cerveau journalistique, c'était peut-être vrai. Viv le mannequin semblait se disputer avec un garçon qui devait être le fameux Trent. La meilleure amie de Destry, Becca, était occupée à flirter avec un type déguisé en Zorro. D'après ce que je voyais, il y avait au moins deux ruptures en cours, trois coups de foudre (SCOOP : CUPIDON FAIT ENCORE DES SIENNES), plus un concours de manger de chocolats (DIX FAÇONS DE NOYER SON

CHAGRIN PENDANT LA SAINT-VALENTIN !). Je sortis mon portable pour écrire à Simone.

Moi : Scoop : Lise Santos court droit au suicide social.

Simone : LOL. Arrête avec tes gros titres. Tu ne fais pas assez d'efforts.

Moi : Facile à dire. Tu te goinfres de glace en regardant des films de vampires.

Simone : Je mange du chocolat et je regarde des zombies. Tu me manques.

Moi : Toi aussi.

Tout à coup, j'entendis le mot « grenouille » dans la pièce. Je levai la tête.

– Je suis un peu triste pour elle. Être la demi-sœur de Destry, tout ça, disait Viv à même pas cinquante centimètres de moi.

Elle me tournait le dos et elle ne devait pas se douter que j'étais là.

– Elle ne sortira jamais de l'ombre de Destry. Surtout habillée comme ça, la pauvre. Avec ce tutu couleur... boue !

Tout le monde éclata de rire et même si je ne voyais pas le visage de Viv, j'étais sûre qu'elle se délectait.

Alors comme ça je n'avais même pas de nom, j'étais « la demi-sœur de Destry » ? Je me levai d'un coup, prête à me défendre même si ça signifiait faire une scène devant une foule d'inconnus. Mais l'avant de ma jupe s'accrocha à quelque chose et il y eut un grand bruit de déchirure. Je baissai les yeux à temps pour voir Viv éloigner son pied du bord de ma jupe. Plusieurs pétales de tulle de la robe prêtée par Destry étaient déchirés et traînaient par terre.

– Oh non !

Destry allait devenir folle.

– C'est déchiré, dis-je, désespérée, en regardant Viv.

Cette dernière rougit et le désarroi passa sur son visage parfait.

– Oh... je... je ne t'avais pas vue.

L'espace d'un instant elle eut l'air sur le point de s'excuser. Mais Trent, posté à quelques mètres de là, l'apostropha :

– C'est bien de toi, ça, Viv. Une belle tête mais rien dedans.

Viv rougit encore plus et lança un regard noir à Trent alors que sa lèvre tremblotait légèrement. Mais elle se redressa et se tourna vers moi.

– C'est ta faute, me dit-elle. Tu n'avais qu'à faire attention.

Et puis elle s'éloigna.

– Mais... tu... enfin, je...

Les mots me manquèrent et, soudain, les larmes d'humiliation me piquèrent les yeux.

Je soulevai ma jupe déchirée, bousculai Viv et me précipitai vers la porte. Hors de question que je reste une seconde de plus dans cette maison. Je me fichais bien de ce que pouvait faire ou ne pas faire Destry. Moi, je sortais d'ici.

J'attrapai mon manteau au passage et sortis en trombe dans la nuit glaciale. Au collège, j'avais rédigé des tas d'articles concernant les pires Saint-Valentin, mais là, il n'y avait pas de doute : celle-ci détenait la palme.

2

Je marchais tout droit dans le silence hivernal, ma lèvre tremblante et mes yeux pleins de larmes dissimulés par mon masque dans l'obscurité. C'était un des avantages des petites villes dans la région de la Nouvelle-Angleterre : pas de lampadaires ni de gratte-ciel éclairés pour mettre votre visage sous les projecteurs.

Je n'avais pas la moindre d'idée d'où je me trouvais, ni de comment rentrer à la maison. Mais Whitman était une toute petite ville, donc j'allais bien finir par reconnaître une rue ou une autre. En effet, quelques minutes plus tard, j'aperçus une lueur dorée un peu plus loin et, quand je tournai à l'angle de la rue, je me retrouvai sur Main Street. C'était la rue principale, mais elle n'était longue que de deux pâtés de maisons, pavée et bordée de réverbères à l'ancienne. Tous les magasins étaient plongés dans le noir, sauf un : une boutique à la porte en fer forgé ouvragé, avec des lumières blanches qui scintillaient au-dessus d'une enseigne où était écrit : Au Délice Sucré.

Les lueurs des bougies brillaient aux fenêtres et une délicieuse odeur de beurre et de vanille s'échappa par la porte quand un client entra. Cette boutique avait l'air si accueillante, et l'odeur si appétissante, que je m'approchai. Une dame âgée apparut sous l'auvent. Elle avait les cheveux grisonnants, attachés en chignon élégant, de petites perles aux oreilles, un col roulé soigné et un pantalon qui mettait en valeur sa minceur. En la voyant devant cette vitrine scintillante, j'eus l'impression de me trouver dans une charmante rue de Paris.

– *Bienvenue !* dit-elle en français et en me prenant la main. Je suis Mme Leroux. Et voici ma pâtisserie, continua-t-elle avec un fort accent.

Elle avait l'air si sage, si gracieuse et si gentille que j'eus l'envie totalement incohérente de la serrer dans mes bras. Au lieu de cela, je lui rendis son sourire.

– Entre ! me dit-elle.

– Je... je ne sais pas trop.

– Ne te fais pas prier, voyons. Nous sommes en pleine dégustation pour choisir ce que nous proposerons lors de l'ouverture, le mois prochain.

Elle me fit pénétrer dans une pièce jaune moutarde remplie de rires, de bavardages et d'arômes sucrés. Dans une vitrine qui prenait toute la longueur d'un mur était exposé un arc-en-ciel des plus belles pâtisseries que j'aie vues de toute ma vie.

– Installe-toi où tu veux, me dit Mme Leroux avant de s'éloigner.

Ma nervosité s'apaisait dans la chaleur de cette pâtisserie. Toutes les places étaient prises sauf une en face d'un garçon aux cheveux noir de jais, penché sur un carnet à dessins. Il devait avoir mon âge ou un an de plus. Sa main tachée de fusain s'activait sur la page. Il dessinait un arbre aux branches tombantes.

– Excuse-moi, dis-je en m'approchant. Je peux m'asseoir ?

Tout d'abord, il ne sembla pas m'entendre, mais quand je répétai ma question, il leva la tête d'un coup. Il avait les yeux d'une couleur incroyable – dorés et mouchetés de vert –, doux, avec un côté sombre. Les boucles noires qui encadraient son visage anguleux au teint mat faisaient ressortir les éclats verts de ses yeux comme de jeunes pousses au milieu d'un désert. Et quand il sourit... *oh là là.*

– Ça alors, dit-il en observant ma tenue de ses yeux étincelants. J'ai raté Halloween ?

– Non. Seulement la pire soirée du siècle.

J'étais bien contente que mon masque dissimule mes joues brûlantes. Je retirai mon manteau avant de me glisser entre les tables jusqu'à la chaise, non sans éclabousser le garçon des pétales verdâtres de mon costume.

– Désolée, dis-je, exaspérée. Je sais... Je suis ridicule.

– Non. Tu es... plutôt mignonne. Pour une grenouille.

Je rougis de plus belle.

– Une *princesse* grenouille, voyons.

Une main sur le cœur, il s'inclina.

– Pardonnez-moi... Votre Viscosité. Je veux dire, Votre Majesté.

J'éclatai de rire au moment où Mme Leroux réapparut.

– *Excusez-moi mes petits**[1], dit-elle en déposant une assiette contenant deux cœurs de pâte feuilletée entre nous. Voici des *palmiers**. Goûtez-les et donnez-leur une note. Je vous apporte le prochain gâteau dans quelques minutes. *Bon appétit* !* fit-elle avec un grand sourire ravi.

– Ça a l'air délicieux, dis-je. Je commençais à me lasser de gober des mouches.

Le garçon rigola en levant son palmier.

– Bon appétit ! s'exclama-t-il en tapant son gâteau contre le mien.

Des saveurs d'orange et de beurre envahirent ma bouche dès que je croquai.

– Mmm. Je lui donne au moins quatre sur cinq, dis-je en cochant la feuille de dégustation posée devant moi.

1. Les passages suivis d'un astérisque sont en français dans le texte original.

– Pas mal, dit le garçon. Dis, ça ne serait pas plus facile de manger sans ton masque ?

Je m'apprêtai à le retirer mais hésitai. Après tout, j'étais assise en face du garçon le plus mignon que j'aie jamais vu de ma vie, sans compter les films. Et s'il se passait le même genre de choses qu'à cette soirée ? Si je retirais mon masque et qu'il voyait ce que je constatais tous les jours dans le miroir ? Un visage d'une banalité affligeante, facile à oublier et encore plus facile à ne jamais remarquer ? La beauté n'avait jamais fait partie de mes points forts, contrairement à mon cerveau. Peut-être qu'il pouvait jouer en ma faveur cette fois.

Je souris en reposant ma main sur la table.

– Pour tout dire, ce soir, je suis là incognito. Gardons le mystère amphibien intact.

– Cette soirée a dû être sacrément traumatisante, dit-il, soudain plus sérieux.

J'avalai la fin de mon palmier d'un coup.

– Tu n'as pas idée.

– Alors raconte, dit-il sur le ton de la plaisanterie. Mais son expression semblait sincère.

Mme Leroux passa pour déposer une nouvelle assiette contenant de petits gâteaux avec des couches de fraise et de crème qu'elle appelait des fraisiers. Tout à coup, de manière inexplicable, j'éprouvai le désir d'ouvrir mon cœur à cet inconnu.

– En fait, commençai-je en grignotant mon succulent fraisier, la malédiction a débuté quand ma demi-sœur démoniaque m'a obligée à commettre un odieux crime vestimentaire...

Les mots se déversèrent de moi comme d'un tuyau. Je fis tout de même attention à ne pas donner de noms, surtout pas celui de Destry. Je n'aurais pas supporté que ce garçon adorable m'étiquette lui aussi « demi-sœur de Destry ». Cette ville était si minuscule que le lycée et le collège partageaient les mêmes bâtiments et tout le monde se connaissait.

Arrivée à une assiette de religieuses avec leurs petits chapeaux de crème, j'avais raconté à ce garçon tous les détails sordides du fiasco de cette soirée.

– Tu as raison, dit-il, quand j'eus terminé. C'était bien la pire soirée du siècle.

Il poussa sa religieuse vers moi.

– Tiens, prends la mienne. Le chocolat, ça apaise la douleur.

– Merci. Je ne peux pas m'empêcher de penser que j'aurais dû rester chez moi. Je n'aurais pas eu à faire semblant d'être quelqu'un que je ne suis pas.

– Tu faisais semblant d'être qui ? demanda-t-il en inclinant la tête.

– Je ne sais pas, quelqu'un... de plus doué en soirées ? Plus doué avec les gens. Quelqu'un qui ne soit pas une plante verte.

– Tu sais... pour une plante verte, tu es plutôt bavarde.

Je gloussai.

– Oui, mais tu vois, quand je me retrouve dans une pièce avec des gens, je ne sais jamais quoi dire. Alors que quand je suis à l'aise, que je parle de choses qui m'intéressent, alors là je ne peux plus m'arrêter.

Je rougis, la tête dans les mains.

– Ça ne veut rien dire, ce que je raconte, hein ? Bon, cette fois je me tais pour de bon.

– J'espère bien que non, dit-il. Et je comprends. Moi aussi ça m'arrive d'être très silencieux, sauf quand je parle de ce qui me passionne.

– Et l'une de ces passions, c'est l'art ? demandai-je en désignant son carnet. Je t'ai vu dessiner en entrant. Tu étais sacrément concentré !

– Ah bon ?

Il haussa les sourcils et ses joues prirent une adorable teinte rose.

– Parfois, je suis tellement dedans que j'oublie où je suis, dit-il avec un sourire qui fit battre mon cœur.

– Je peux voir ? Enfin, si tu veux bien.

Il hésita l'espace d'une insoutenable seconde, avant d'accepter.

– Ce ne sont que des esquisses.

J'ouvris le carnet et restai bouche bée. Le premier dessin était une aquarelle d'une femme à bicyclette. Des traits pastel bleus et roses derrière elle représentaient le vent, tandis que des étincelles jaunes jaillissaient de ses roues. Le dessin suivant était un chien avec des brins d'herbe qui poussaient sur ses traces de pattes. Ses dessins étaient uniques, pas seulement bons, mais...

– Ils sont incroyables, dis-je.

Une feuille se détacha du carnet. Je la rattrapai avant qu'elle tombe par terre.

– Oh, c'est le port de Boston, soufflai-je.

Il y avait les bateaux aux voiles écrues qui glissaient gracieusement sur l'eau, les immeubles qui brillaient sous le soleil... C'était à moitié une photo et à moitié un dessin, avec des coups de pinceau bleu cobalt sur la mer et jaune tournesol qui jaillissaient des gratte-ciel.

– C'est... C'est mon préféré, dis-je en repensant tristement à ma ville natale. Il représente tout ce que j'aime à Boston.

– Garde-le, me dit-il. Tu es la seule personne à qui je l'aie montré.

– C'est vrai ? Mais de quoi tu as peur ?

Devant ses yeux écarquillés, je pris conscience que ma nature de journaliste reprenait le dessus et que je posais des questions trop personnelles. Mais il avait un talent fou et ce n'était pas logique qu'il le cache.

– Enfin, je veux dire... pourquoi ? demandai-je à la place.

– Parce que le dessin... complique un peu ma vie, si tu veux. Alors je garde ça pour moi.

Je voulais en savoir plus mais son air abattu m'en dissuada. Il ne voulait pas parler de son problème, quel qu'il soit.

– En tout cas, merci de me l'avoir montré, dis-je, son dessin à la main. Mais... tu ne l'as pas signé. Tu veux bien ?

Ses doigts effleurèrent les miens quand il saisit la feuille et je sentis un courant électrique passer entre nous. Nos yeux se rencontrèrent l'espace d'un instant. L'avait-il ressenti, lui aussi ? Pendant qu'il dédicaçait son dessin, je tentai de me rappeler que nous n'étions pas dans une comédie romantique à la noix.

– Alors mes tourtereaux ! s'exclama Mme Leroux, me sortant de ma rêverie.

– Oh n... non, balbutiai-je. On n'est pas... enfin...

Rouge de honte, je me tournai vers le garçon qui souriait de toutes ses dents, ce qui me fit rougir de plus belle.

– Vous êtes les derniers, on va fermer ! nous informa Mme Leroux.

Incrédule, je découvris que toutes les chaises autour de nous étaient à présent vides.

– Oh...

Je n'avais pas la moindre envie de m'en aller.

– Une dernière gourmandise avant de partir, dit-elle en déposant une assiette remplie de biscuits ronds, roses, verts et jaune pastel. Ils étaient si mignons, si colorés, avec leur fourrage à l'air délicieux.

– Ce sont des macarons, reprit Mme Leroux en en mettant un dans ma main. Vous devez partager le premier.

– Bon appétit, alors, dis-je nerveusement en tapant ma moitié de biscuit contre celle du garçon.

Le macaron rose était à la fois moelleux et croquant. La crème au milieu fondait sur ma langue avec un goût de framboise et de vanille. C'était parfait.

Mme Leroux joignit les mains, satisfaite.

– Et voilà, deux moitiés pour lier deux personnes ! s'exclama-t-elle avec un clin d'œil. Faites de beaux rêves pour la Saint-Valentin, ajouta-t-elle avant de refermer la porte derrière nous, nous laissant seuls sous le ciel étoilé.

J'avais le cœur qui battait la chamade.

– C'était sympa, dis-je pour briser le silence. Je suis contente d'avoir découvert cet endroit.

– Moi aussi, dit-il si bas que je n'étais pas sûre d'avoir bien entendu. Tu sais, je n'avais pas envie de venir ici ce soir.

– Ah bon ? Pourquoi ? Qui n'a pas envie de se goinfrer de pâtisseries ?

– Ce n'étaient pas les gâteaux le problème, dit-il en riant. Je remplaçais quelqu'un qui s'est désisté à la dernière minute. Je préférais passer la soirée à dessiner, mais je n'ai pas eu le courage d'annuler. Je crois que je suis... trop responsable, soupira-t-il avec un sourire encore plus mignon. Enfin, ce que j'essaye de dire c'est que... j'ai bien fait de venir finalement.

J'acquiesçai :

– Oui, les gâteaux étaient super bons.

Il secoua la tête.

– Ce n'étaient pas des gâteaux que je parlais. J'aimerais beaucoup te revoir, précisa-t-il en s'approchant de moi.

– On se reverra forcément, dis-je alors que mon cœur s'emballait. Cette ville est tellement petite et... et...

Je n'arrivais plus à respirer, et encore moins à me concentrer.

– Je veux dire, moi aussi j'aimerais bien.

Il s'avança d'un pas.

– Alors, comment se déroule le conte ? murmura-t-il. La Princesse Grenouille ne devient humaine que grâce à...

Un baiser, délirai-je en fermant les yeux. Je retins ma respiration dans l'attente que ses lèvres effleurent les miennes. *Mon premier baiser...*

– *Espera aí !* Pas un geste ! hurla une voix à mon oreille.

Une main qui s'abattit sur mon épaule me fit sursauter. Mon père me toisait avec un regard noir.

– Qu'est-ce que tu fabriques ?

– Papa, je...

– Il est plus de minuit ! J'ai passé une heure à te chercher dans toute la ville. J'allais appeler la police.

Il me tira fermement par le bras jusqu'à sa voiture, ouvrit la portière et grogna :

– Monte... tout de suite !

– Mais, papa...

Je me retournai vers l'auvent du Délice Sucré où se tenait le possible garçon de mes rêves, qui ne comprenait pas ce qui se passait.

– Attends ! me cria-t-il alors que je montais en voiture. Je ne connais même pas ton nom !

Je tentai de sortir la tête de la voiture.

– Je m'appelle...

Clang ! La portière claqua et, une seconde plus tard, papa démarrait comme un coureur automobile fou furieux. Impuissante, je regardai par la vitre arrière mon tout premier Valentin disparaître dans la nuit.

3

– Elise Anna Santos, qu'est-ce que c'était que ce cirque ? hurlait mon père en roulant comme un fou à travers les rues. Qu'est-ce qui t'a pris de quitter la soirée sans prévenir personne ? Pourquoi tu ne nous as pas appelés ? Te balader comme ça, toute seule, dans Whitman, au milieu de la nuit ? Et c'était qui ce garçon à qui tu parlais ?

– Un ami, c'est tout, mentis-je.

Je grimaçai. Je venais de perdre l'occasion d'avoir mon tout premier baiser avec le garçon le plus gentil que j'aie jamais rencontré de ma vie. Je ne savais ni comment il s'appelait, ni si je le reverrais un jour. Alors j'essayai de me concentrer sur mes excuses.

– Papa, j'ai dit que j'étais désolée au moins cent fois. Je ne voulais pas t'inquiéter. Mais cette fête n'était pas... pour moi.

Papa arrêta la voiture dans l'allée.

– Rentre, grogna-t-il en descendant. Plus vite que ça. Tu dois des excuses à Destry.

Je le regardai fixement. Il plaisantait ou quoi ? Je traînai les pieds jusqu'à la cuisine où Destry était penchée sur son téléphone, probablement occupée à envoyer des messages à la population entière de Whitman pour les informer que je lui gâchais l'existence.

– Ah te voilà enfin, lança-t-elle. La mère de Becca était complètement paniquée et la soirée s'est terminée plus tôt à cause de toi. Et je n'ai même pas pu danser avec Jake !

– Je suis juste sortie marcher pour passer le temps. Je ne me suis pas rendu compte que j'étais partie si longtemps...

Destry s'adressa à mon père.

– Je voulais vraiment l'intégrer ce soir, dit-elle comme si je n'étais plus dans la pièce. J'ai cru que ce serait un bon moyen pour apprendre à se connaître mieux. Mais je ne peux rien faire si elle n'essaye même pas de se faire des amis.

Puis elle se tourna vers moi et je frissonnai quand ses yeux se posèrent sur le revers déchiré de ma robe.

– Mon tutu de *Casse-Noisette* ! hurla-t-elle. Mais qu'est-ce que tu as fait ? Il est fichu !

– C'était un accident. Viv a marché dessus et...

– Ce costume est très important pour moi, renifla Destry. Je te l'ai prêté parce que je croyais que tu y ferais attention.

– Mais *j'ai* fait attention ! Tu... tu ne m'écoutes même pas !

Papa se posta entre nous, une main levée.

– D'accord, Lise, nous t'écoutons. Qu'as-tu à nous dire ?

Il me regarda avec insistance, m'implorant silencieusement de n'énerver personne. Je poussai un soupir.

– Je suis désolée pour ta robe, dis-je. Et je suis désolée d'être partie de la soirée. J'ai fait une bêtise. Ça n'arrivera plus, affirmai-je, les yeux rivés au sol.

– Bon... excuses acceptées, répondit Destry, à contrecœur.

J'eus le sentiment qu'elle était déçue que je ne m'énerve pas plus.

– Et ça n'arrivera certainement plus, renchérit papa, parce que pour la peine, demain tu vas passer la journée à faire le ménage à la maison.

Hein ?? hurla mon cerveau. Cependant, je serrai les dents et dis :

– D'accord. Je peux aller me coucher, maintenant ?

– Oui. Moi aussi je suis fatigué. Destry, tu connais la règle de ta mère : encore dix minutes sur ton téléphone et après c'est au lit.

– D'accord, fit Destry, crispée.

Je montai à l'étage, ravie d'avoir quelques minutes à moi dans la chambre avant l'arrivée de Destry, mais tiraillée de frustration. Jusqu'à la semaine dernière, le temps que je passais avec papa était si limité et spécial qu'il n'avait jamais eu à me gronder. Nous ne nous étions jamais disputés, si bien que je me sentais déstabilisée.

On frappa à la porte et la voix de papa demanda :

– Je peux entrer ?

– Oui.

Étais-je réellement en mesure de refuser alors que ce n'était même pas ma chambre ?

– Je voulais te souhaiter bonne nuit, dit papa en s'asseyant au bord de mon lit, légèrement échevelé par le souci qu'il s'était fait ce soir. Tu sais, c'est la première fois que je dois te punir. Je ne suis pas sûr d'être très doué pour cela.

Je rigolai et la tension se relâcha un peu.

– Maman t'applaudirait des deux mains, le taquinai-je. Je *déteste* faire le ménage. Surtout dans les toilettes. Beurk.

Papa rit à son tour.

– Je me rappelle que ta mère détestait ça aussi. Elle te manque ?

– Un peu, dis-je, sans vouloir avouer à quel point.

– Je sais, poursuivit papa en serrant ma main. C'est un gros changement... pour tout le monde. *Minha filha,* Gail et moi nous sommes très heureux que tu sois avec nous.

Il m'embrassa sur le front avant de retourner à la porte.

– Oublions ce qui s'est passé ce soir. Demain est un autre jour, ajouta-t-il.

– D'accord.

Quand il sortit, je me rallongeai sur mon oreiller en me remémorant ma soirée au Délice Sucré. Derrière mes paupières closes, je le vis : le garçon aux yeux de désert en fleur. Nous nous étions mis à bavarder avec tant de facilité ; j'avais oublié toutes les règles des premières rencontres et ça n'avait posé aucun problème. Des connexions comme celle que j'avais ressentie ce soir avec une autre personne n'arrivaient pas tous les jours. C'était un cadeau du hasard et je ne comptais pas le gâcher. Cette rencontre était la meilleure chose qui m'était arrivée depuis mon emménagement à Whitman, je n'allais pas la laisser m'échapper.

– Hé, princesse !

Mon cœur fit un saut périlleux et je m'arrêtai net à côté d'une rangée de casiers. C'était *lui.* Tout sourire, je me retournai à la recherche du visage qui était gravé dans mon esprit.

Mais ce n'était qu'un type de la fête de Becca qui appelait Viv dans le couloir. Cette dernière était occupée à bavarder avec un groupe de filles. J'aurais dû m'en douter. Viv était déguisée en Cendrillon à cette fête. Je pivotai sur mes talons discrètement avant qu'elle me voie.

La troisième heure sonna et je me précipitai jusqu'à ma classe de SVT que je trouvai assez rapidement, à mon grand soulagement. C'était mon tout premier jour dans ce collège et je m'étais déjà perdue à la première, puis à la deuxième heure.

Quand j'entrai dans la salle, une douzaine d'élèves étaient rassemblés dans un coin et scrutaient le sol. Je m'aperçus avec stupeur que ce qu'ils regardaient était en fait une très grosse et très vivante tarentule.

– Personne ne peut l'écraser ? couina une fille.

– Hors de question ! protesta un grand garçon dégingandé avec des lunettes. C'est Herb, l'araignée de compagnie de M. Vern. Tu aimerais qu'on essaye d'exterminer ton chien, toi ?

Tout le monde recula d'un pas quand le garçon ramassa la tarentule à la main.

– Les araignées sentent aussi les choses, ajouta-t-il en déposant Herb dans son vivarium avant de remettre le couvercle.

Il y eut un soupir de soulagement collectif, puis les élèves se dispersèrent en plus petits groupes, oubliant totalement Herb et son sauveteur.

– C'était très courageux, dis-je, puisque personne ne s'était donné la peine de remercier le garçon.

– Pas tant que ça, répondit-il. Herb est complètement inoffensif. Mais merci quand même. Hé... tu ne serais pas Lise Santos ? demanda-t-il en me scrutant de ses yeux noisette.

– Comment tu le sais ?

– M. Vern nous a dit que tu serais dans notre classe. Et Becca m'a tout raconté à ton sujet. Je suis Kyan Slade, son frère. Alors, reprit-il après une pause, qu'est-ce qui t'est arrivé à la soirée ? Ma mère a failli lancer une alerte enlèvement.

– Ah oui, c'est ce qu'on m'a dit.

Je poussai un soupir. Je me sentais mal d'avoir disparu comme ça.

– Les fêtes, ce n'est pas trop mon truc, alors finalement je suis allée à une dégustation au Délice

Sucré. C'était génial, en fait. Mais je suis désolée d'avoir causé autant de problèmes.

– Tu n'as pas à t'en vouloir. Moi, j'ai passé la soirée avec mon scorpion empereur, Napoléon. Je suis bien trop binoclard pour traîner dans les soirées de ma sœur. Je suis un fan d'insectes, dit-il en désignant Herb la tarentule. Alors... comment se passe ton premier jour ?

– Ça va... enfin, non, c'est pourri. J'ai l'impression d'être totalement transparente à côté de Destry.

Quand papa nous avait déposées au collège ce matin, un petit essaim d'élèves s'était attroupé autour de Destry en à peine quelques secondes en me laissant seule et à l'écart.

– Tout le monde ici a une anecdote à me raconter à propos de Destry. Même les profs ! Je suis arrivée en retard en littérature ce matin parce que la secrétaire de l'administration me racontait que Destry avait été la ballerine la plus gracieuse qu'elle ait jamais vue de sa vie dans *Le Lac des cygnes* l'année dernière.

Kyan hocha la tête avec un air compatissant.

– Pas facile d'être de la même famille que quelqu'un de populaire quand on est nul en société.

Crois-moi, je sais ce que c'est. C'est pour ça que la plupart de mes amis ont six pattes.

Ça ne semblait pas l'ennuyer plus que ça, il devait être le genre de personne que l'échelle sociale du collège n'intéressait absolument pas. Mes amis à Boston étaient de ce genre. Nous nous surnommions « Les indépendants ». Ça aurait été si bien d'avoir un ami comme ça, ici aussi.

– Il faut juste trouver sa place, c'est tout.

– Tu dois avoir raison, dis-je.

Je n'étais pas encore prête à admettre que l'autre raison qui me faisait passer une si mauvaise journée était que j'espérais voir le garçon que j'avais rencontré samedi soir. Mais pour le moment...

– Montre-moi ton emploi du temps, continua Kyan. Après ce cours, c'est l'heure du déjeuner et je pourrai te montrer où sont tes autres salles. D'habitude, je mange dans la salle du club de sciences, tu sais... pour étudier des spécimens, ajouta-t-il, penaud. Mais je peux manger à la cafétéria avec toi aujourd'hui, pour te faire un petit topo des gens à connaître, et tout ça. Enfin... si tu veux.

Je souris. *Tout ce qu'il te faut, c'est un ami*, m'avait dit Simone juste avant que je quitte Boston. *Un seul, et tout ira bien.*

– Ce serait sympa, dis-je à Kyan. Merci.

– Tu vas adorer M. Vern, chuchota-t-il alors que le cours démarrait. Et si tu aimes bien Herb, attends un peu de voir Stan. C'est un mille-pattes de trente centimètres qui vit sous le bureau de M. Vern.

– Cool.

Quelles étaient les chances pour que le mille-pattes de trente centimètres s'échappe à son tour ? Il semblait bien que j'avais trouvé mon « seul » ami à Whitman, et si son truc c'étaient les insectes, alors... eh bien... vive les antennes !

– Eh bien voilà au moins une chose que Whitman et Boston ont en commun, dis-je en repoussant le pain de viande sur mon assiette. Une cantine infecte.

– Tu vois ? dit joyeusement Kyan en me donnant un coup de coude. Tu te sens déjà chez toi, non ?

Il déballa un sandwich à la dinde qui avait l'air délicieux.

– Première règle de survie au collège de Whitman : ne jamais, pour rien au monde, choisir le repas mystère du lundi.

Il s'apprêta à croquer dans son sandwich mais s'arrêta en plein élan.

– Kyan ? Qu'est-ce qu'il y a ?

Je suivis son regard jusqu'à Viv, qui approchait dans notre direction, entourée du même groupe de filles que ce matin. Agacée, je me redressai sur mon siège. Si je ne pouvais pas l'éviter, au moins cette fois, j'aurais le courage de lui dire ma façon de penser.

J'ouvris la bouche, mais avant que je puisse prononcer un mot, Viv se glissa sur le banc à côté de moi.

– Dieu merci je t'ai enfin trouvée, Lise, dit-elle avec un tel sérieux que j'en restai sans voix. Je te cherche depuis ce matin.

Euh... *j'ai bien entendu ?*

Mon regard passa d'elle à son groupe d'amies qui bavardaient entre elles non loin en se demandant ce qu'elles allaient manger. Il ne semblait pas y avoir de piège destiné à se moquer de moi... alors, est-ce qu'elle était sincère ?

– Je me sens atrocement mal de t'avoir parlé comme ça à la soirée, poursuivit-elle en passant nerveusement une main dans ses cheveux caramel. Je sais, j'ai été complètement malpolie, et ça ne me ressemble pas. Mais je passais la *pire* soirée de ma vie.

– Ah bon ? lâchai-je suffisamment curieuse pour retrouver ma voix.

Il fallait que j'entende cette histoire.

Elle acquiesça avec une petite moue parfaite.

– Je me suis disputée à mort avec Trent, mon copain. Enfin, *ex*-copain, précisa-t-elle en remuant la tête. Il m'a tellement rabaissée quand j'ai marché sur ta robe, j'étais perturbée... je t'ai dit n'importe quoi. Après ton départ, on a rompu.

– Tant mieux, il ne te méritait pas ! lança Kyan. Enfin..., marmonna-t-il quand Viv se tourna vers lui, je trouvais que, euh, il aurait dû te traiter mieux que ça. C'est tout.

Viv sourit en haussant un sourcil surpris.

– Merci.

Kyan la regardait avec des yeux de merlan frit, c'est alors que je compris ce qui se passait. Un gros titre surgit dans ma tête : L'HOMME ARAIGNÉE PRIS DANS LA TOILE D'UN AMOUR À SENS UNIQUE.

Pauvre Spider-Man.

Kyan ouvrait et fermait la bouche en essayant de répondre à Viv, mais sans succès. Pour finir, il m'adressa un regard de détresse pour que je prenne le relais.

– C'est... triste. Pour ta rupture. Vous étiez ensemble depuis combien de temps ?

– Deux semaines, dit Viv comme si elle venait de dire « deux ans. »

– Un record, lança une fille rousse du groupe. Pour Viv, les garçons c'est comme les glaces. Trent était le parfum du moment.

– Quand même, Mona, je ne suis pas comme ça.

Mais alors, un garçon blond passa devant notre table et Viv gloussa en haussant les épaules.

– Bon, d'accord, peut-être un peu. Regardez Griffin ! Il est de plus en plus grand...

Mona leva les yeux au ciel.

– Et c'est reparti pour le coup de cœur instantané.

– Mais quoi ! Avec les garçons, c'est comme avec les chaussures, expliqua Viv. Il faut bien que j'essaye avant de trouver celui qui me va parfaitement.

J'éclatai de rire, mais Mona se contenta de bâiller d'ennui.

– Je vais me chercher à manger.

Les autres filles la suivirent dans la file de la cantine.

– J'arrive ! leur cria Viv avant de se tourner vers moi. Enfin bref, je suis vraiment désolée pour l'autre soir. Ma mère est une bonne couturière, elle me faisait mes robes de concours de beauté quand j'étais petite.

Elle se pencha vers moi et ajouta tout bas :

– Je *détestais* ces robes. Elles étaient tellement kitsch ! Mais elles tenaient toujours le choc, même quand je priais pour le contraire. Je suis sûre qu'elle pourrait recoudre ta robe.

– Ce serait génial, dis-je. Parce que c'était la robe de Destry.

Viv me saisit le bras en ouvrant de grands yeux. Je m'attendais à ce qu'elle me sorte une nouvelle ode à la reine Destry, mais à la place, elle dit :

– Oh c'est pas vrai, je suis encore plus désolée pour toi alors ! Elle était énervée ?

– Plutôt, oui, dis-je, ravie de constater qu'elle ne prenait pas la défense de Destry. Mais j'ai eu encore plus de problèmes avec mon père parce que j'ai quitté la soirée...

– Je sais. Tu es allée où ?

Avant de m'en rendre compte, je racontais à Viv et Kyan (qui regardait toujours Viv avec adoration) ma rencontre avec le mystérieux garçon et les macarons. Qu'avais-je à perdre ? L'un d'eux pouvait très bien savoir qui il était.

– C'est *trop* romantique, fit Viv avec un sourire rêveur. Pourquoi je ne peux pas en trouver un comme ça, moi ? Quelqu'un de gentil, qui ne voit pas uniquement la couverture de *Glam Ado Magazine* quand il me regarde.

– Tu as fait la couverture ?

– Deux fois, intervint Kyan. En juin et en novembre.

Il devint soudain tout rouge et rentra dans sa coquille.

– Donc ce garçon est un artiste, reprit Viv en se tapotant le menton. Il y a bien Liam, qui est dans mon cours de littérature. J'ai entendu dire qu'il peignait avec ses orteils.

– Non, dis-je. Celui que je cherche a un prénom qui commence par un R.

La peinture du port de Boston avait été signée d'un R suivi d'un gribouillis illisible.

– Pourquoi tu ne vas pas voir en classe d'art ? suggéra Kyan. Montre le dessin qu'il t'a donné à M. Diaz, il pourrait reconnaître la signature.

– Excellente idée ! Je l'amènerai demain.

Le téléphone de Viv vibra et elle couina.

– Un message de Mona ! Griffin vient de s'asseoir à notre table. Je dois y aller ! s'écria-t-elle en se levant. Ravie de t'avoir parlé. Apporte la robe au collège demain, je la donnerai à ma mère. Et je veux un rapport complet de l'Opération Garçon Mystère demain ! ajouta-t-elle par-dessus son épaule.

– Je crois qu'elle est sérieuse, dis-je en la regardant s'éloigner. Hmm. Elle est sympa. Pas du tout comme je l'avais imaginée.

– Oui, fit Kyan rêveusement. Je la connais depuis la maternelle. On creusait ensemble dans la cour pour chercher des vers de terre. C'était bien avant que sa mère lui fasse faire des concours de beauté et du mannequinat. Elle ne s'en souvient sûrement pas.

Je lui donnai un petit coup de coude.

– Alors... Depuis combien de temps tu es amoureux d'elle ?

– Quoi ? Mais non ! Tu plaisantes ?

Il rigola nerveusement.

– Elle, c'est un *Morpho helena*, moi je suis une larve.

Devant mon regard sans expression, il ajouta :

– *Morpho helena* : le plus beau papillon de la planète ! Oh bon sang, si tu comptes être mon binôme en SVT tu as intérêt à faire mieux que ça.

– Hé, j'ai de super bonnes notes. Tu seras fier de moi.

Quand la sonnerie retentit, nous nous dirigeâmes vers les casiers ; Kyan me donna son e-mail et son numéro de portable pour que je puisse l'appeler en cas de problème avec les devoirs de bio, puis il m'indiqua la direction du cours de maths.

– On se voit plus tard.

– Oui. Hé... Kyan ? Merci pour ton aide. Ma première journée a été plus simple grâce à toi.

– De rien, fit-il avec un signe de la main. Regarde *Morpho helena* sur Internet ! Tu vas halluciner !

J'éclatai de rire, mais alors que j'empruntais le long couloir, je sentis mon appréhension de la rentrée revenir au galop. Kyan m'avait aidée à surmonter le déjeuner, la pire épreuve pour une nouvelle élève, mais, à partir de là, je serais seule pour les trois dernières heures de la journée.

Je trouvai la salle de maths (ouf !) et m'apprêtai à y entrer quand j'aperçus un tract affiché sur le tableau d'annonces.

Le *Reporter* cherche un nouveau journaliste, poste à pourvoir de suite. Prière d'envoyer un extrait de texte ainsi qu'une candidature complète à REPORTER@WHITMANMS.ORG.

Mon cœur s'emballa. Un poste au journal du collège ! J'avais déjà une sacrée expérience du travail à Boston. Kyan avait raison. Tout ce qu'il fallait, c'était trouver ma place, et ça me semblait l'occasion idéale.

Je notai rapidement l'e-mail avant d'entrer en classe, mon courage soudain renouvelé. En faisant une activité qui m'était familière, peut-être que ma nouvelle vie ne me serait plus si étrangère. Et peut-être que je me sentirais enfin à ma place.

Deux heures plus tard, je ne me sentais toujours pas à ma place. Probablement parce que je n'étais *pas* à ma place. J'étais à bord du mauvais bus. Quand Hugh, le chauffeur, me redéposa au collège après avoir terminé tout son circuit, l'endroit était désert. La seule voiture dans le parking était celle de Gail et, en m'approchant, je vis Destry qui me fusillait du regard par la vitre.

– Oh, Lise, je suis désolée, me dit Gail avec un regard inquiet dans le rétroviseur. Je savais que j'aurais dû venir te chercher aujourd'hui. J'avais peur qu'il t'arrive quelque chose dans ce genre...

– Ce n'est pas grave, dis-je doucement. Je me suis trompée de numéro de bus, je crois.

J'avais le visage en feu au souvenir de mon horreur quand le bus était arrivé au terminus et que le chauffeur s'était rendu compte que je ne descendais pas.

À Boston, je n'avais que deux rues à parcourir pour aller au collège. Cette histoire de bus scolaire, c'était tout nouveau pour moi. Où était Kyan quand on avait besoin de lui ? Réponse : dans le *bon* bus.

Destry grogna depuis l'avant de la voiture.

– Lise, il n'y a que *trois* bus devant le collège. Trois ! Comment tu as pu te tromper ?

– Destry, commença Gail.

– Non ! Sérieusement ! protesta Destry en croisant les bras. Je rate la danse à cause d'elle !

– Désolée, marmonnai-je en attendant avec impatience la fin de ce trajet.

Pourquoi, depuis mon arrivée à Whitman, avais-je l'impression de passer mon temps à m'excuser auprès de Destry ?

Dans le rétroviseur, j'aperçus Gail faire la moue, mais son sourire revint une seconde plus tard.

– Tu sais, je suis contente que ce soit arrivé, dit-elle d'une voix un peu trop aiguë et joyeuse. J'essaye de choisir les couleurs pour la chambre du bébé. Peut-être que vous pourriez m'aider toutes les deux ?

Le silence s'abattit dans l'habitacle. J'attendais que Destry prenne la parole, mais comme elle ne dit rien, j'intervins :

– Oui, ce serait super, dis-je, peu convaincue.

Destry grogna de nouveau.

Dès que Gail se gara, Destry sauta de la voiture, sa jupette de danse volant derrière elle. Quand j'entrai dans la maison, une odeur vanillée de gâteau tout juste cuit m'assaillit. Je repensai au Délice Sucré.

– Mmm... qu'est-ce qui sent si bon ? demandai-je.

– J'ai fait un gâteau Boston cet après-midi, pour fêter ton premier jour d'école, dit Gail, radieuse.

– Ah bon ? dis-je, involontairement incrédule. C'est mon préféré.

– Ton père me l'a dit. Je doute que le mien soit aussi bon que celui que tu mangeais à Boston, mais je voulais faire quelque chose pour... te souhaiter la bienvenue.

– Merci.

J'étais touchée qu'elle se donne autant de mal pour moi. Je découvris le gâteau sur le comptoir de la cuisine... à moitié entamé.

Gail rougit.

– J'ai déjà pris une part, dit-elle. Ou trois, peut-être.

Nous éclatâmes de rire au moment où Destry entrait dans la cuisine en jogging et queue-de-cheval lâche, comme pour bien appuyer le fait qu'elle avait raté la danse.

– Bon, on les choisit ces couleurs, ou quoi ? demanda-t-elle avec impatience.

– Ah ! Oui !

Gail me servit une part de gâteau avant de s'asseoir à table devant une roue d'échantillons de peinture.

– Tu pourrais la peindre en violet, suggéra Destry.

J'essayai de dissimuler mon agacement. Évidemment qu'elle voulait du violet.

– Je voudrais quelque chose de plus neutre, dit Gail. Peut-être... du jaune ? Ou vert pastel ?

– Celles-ci sont bien, dis-je quand Gail nous montra les couleurs, mais Destry grimaça.

– Beurk. Sûrement pas ce marron affreux.

– Et ce bleu canard ? dis-je. Ça rappelle un peu l'océan.

Gail sourit.

– Je déteste, asséna Destry. Et ce n'est pas toi qui vas devoir supporter cette couleur tous les jours.

– Destry ! s'écria Gail avec sévérité.

– Bah quoi, elle va bien retourner vivre avec sa mère à un moment, non ?

Le silence s'abattit sur la cuisine. C'était vrai, mais pourquoi m'étais-je sentie si agressée quand elle l'avait dit ?

Gail m'adressa un sourire tremblant.

– Je n'avais pas pensé à cette couleur, Lise, dit-elle doucement. Elle est très belle.

Destry se leva en attrapant son portable.

– Bon, eh bien si personne ne m'écoute, laissez tomber. Je vais chez Becca.

Gail poussa un soupir quand la porte d'entrée claqua, avant de se tourner vers moi.

– Je suis sûre qu'elle ne voulait pas être méchante.

– Ce n'est rien, dis-je rapidement. Je ne m'y connais pas trop en déco de toute façon. Tu devrais choisir la couleur que tu préfères. J'ai, euh, des trucs à faire.

– Oh, bon d'accord, répondit Gail, un peu déçue.

La culpabilité me tordit l'estomac alors que je quittais la pièce. Je ne voulais pas décevoir Gail, mais Destry n'avait pas tort. Ce n'était pas ma maison et quand je serais rentrée chez maman, je ne verrais sûrement pas beaucoup le bébé non plus.

Je ne devais peut-être pas avoir mon mot à dire quant à la couleur de sa chambre.

Au salon, j'allumai l'ordinateur pour lire mes e-mails en espérant en avoir reçu un de mes copines de Boston. Il y en avait deux de Simone, dont une vidéo dans laquelle elle chantait *You will survive !* à tue-tête. Je souris de toutes mes dents. Il y avait aussi des messages de Nicole, Jenn et de mes autres copines pleins de « Tu nous manques » et « bisous ! ». Whitman ne m'aimait peut-être pas, mais Boston, si. C'était toujours ma maison.

Puis, je consultai le site du *Reporter* pour remplir le formulaire de candidature. Il fallait que je trouve très vite quelque chose à faire dans cette ville.

Je décrivis mes activités de rédactrice en chef et envoyai les meilleurs articles que j'avais rédigés. Une fois ma candidature envoyée, je me rappelai que le gâteau Boston de Gail était resté à la cuisine.

Je m'y précipitai mais Gail avait disparu et le gâteau avait été remisé au réfrigérateur avec du papier aluminium autour. À l'étage, la porte de sa chambre était fermée. Je voulus toquer, mais me ravisai. Étaient-ce des sanglots étouffés que j'entendais derrière la porte ?

Oh, mince. Je sus tout de suite le gros titre qui s'étalerait sur le front de papa ce soir : UN PÈRE RENIE SA FILLE POUR AVOIR TRAUMATISÉ SA GENTILLE BELLE-MÈRE. C'était parfois terriblement facile de prévoir l'avenir.

4

– Est-ce que c'est lui ? Robert Staten ?

Kyan désignait la photo d'un garçon brun et souriant.

– Non, répondis-je en mélangeant mon yaourt.

– Zut, grogna Viv.

– Je vous le dis, il n'est pas sur ces photos. Ça fait au moins cinq fois qu'on vérifie, soupirai-je.

Nous feuilletions l'album de promo de Viv depuis le début du déjeuner, sans succès. Toutes nos tentatives pour retrouver Roméo (comme Viv l'avait surnommé puisque son prénom commençait par un R) étaient restées vaines. J'avais apporté son dessin en salle d'arts plastiques à l'heure du déjeuner mardi, mais le professeur n'avait rien pu me dire.

– J'aurais bien voulu savoir qui c'est, avait-il dit en revanche. Car cette peinture est unique. Mais si l'un de mes élèves utilisait ce genre de technique, crois-moi, je m'en souviendrais. Si tu le trouves, dis-lui que je veux voir son travail à l'exposition de mars. Aucune excuse !

Tous les jours en attendant le bus (j'avais fini par trouver le bon), je scrutais les élèves sans jamais le trouver. Nous étions à présent vendredi et une semaine s'était écoulée depuis notre rencontre. Chaque jour, j'étais un peu plus déçue et terrorisée d'avoir raté ma chance. Et s'il n'était pas du tout dans mon école ? Ou, pire, et s'il n'habitait même pas Whitman ?

Kyan se gratta le sommet du crâne, une manie que je lui avais découverte au cours de la semaine. En général, cela signifiait qu'il s'apprêtait à dire quelque chose dont il craignait que ça n'intéresse personne. Je commençais à voir en lui un frère de substitution, un peu crétin mais adorable. Ça ne le dérangeait pas que je m'accroche à lui pour lui faire jouer les guides du collège et de la ville. En fait, je le soupçonnais d'avoir grandement besoin d'un ami, peut-être même autant que moi. Une réunion de discrets.

– Est-il possible, commença-t-il avec hésitation, que tu ne te souviennes pas à quoi il ressemble ? Après tout, tu as dit qu'il faisait sombre dans la pâtisserie, et tu portais un masque...

– Kyan. Je me souviens de lui dans les moindres détails.

Viv lui donna une tape sur le bras et Kyan devint cramoisi.

– Évidemment. Personne n'oublie le visage de l'amour.

– Ou *les* visages, dans ton cas, la taquinai-je.

– Fais gaffe à ce que tu dis !

Depuis lundi, Viv était passée tranquillement d'un flirt avec Griffin, à un avec Ben *et* Holden en même temps. L'un des deux l'emmenait au cinéma un soir, et l'autre le lendemain. Les regarder se battre pour savoir qui porterait les affaires de Viv entre chaque classe était plus divertissant que n'importe quelle émission de télé-réalité.

Trois jours plus tôt, je n'aurais jamais risqué d'adresser la parole à l'une des plus jolies et des plus populaires filles du collège, mais tout comme avec Kyan, mon amitié avec Viv devenait très confortable. Derrière ses allures de mannequin parfait, elle était drôle, intelligente et naviguait entre les différents groupes d'élèves sans jamais rester longtemps dans un seul. Elle était autant à l'aise à déjeuner avec Kyan et moi qu'elle l'était avec Mona, Griffin et leur clique de gens glamour. Elle semblait être tellement appréciée de tous que, si elle avait décidé de devenir présidente des élèves, elle aurait gagné haut la main. Mais, bien sûr, quand je lui avais suggéré l'idée, elle s'était contentée de rire.

– Moi ? Ma mère ne me l'autoriserait jamais. Avec tous les cours que je dois rater pour les séances photos.

Mais l'idée semblait lui plaire.

À présent, elle était perdue dans ses pensées devant la couverture de son album.

– J'ai trouvé ! s'écria-t-elle. On n'arrive pas à lui mettre la main dessus, parce qu'il est au *lycée* ! Oooh, tu as mis le grappin sur un vieux !

– C'est possible. Mais il n'avait pas l'air beaucoup plus vieux que nous. Il pourrait être en troisième.

– R, R, R...

Puis soudain, les visages de Viv et de Kyan s'éclairèrent.

– Raphaël ! s'écrièrent-ils en chœur.

– Qui ?

– Raphaël Moretti, dit Kyan. Il est en troisième. Il a emménagé ici au milieu de l'année dernière...

– Ce qui explique qu'il ne figure pas dans l'album, enchaîna Viv. Il n'était pas là le jour de la photo.

– Son prénom commence par un R, reprit Kyan de plus en plus optimiste, il a les cheveux noirs, le teint mat, et il me semble qu'il a remporté un prix à l'exposition d'arts plastiques de l'an dernier !

Mon cœur se gonfla d'espoir.

– Ça pourrait être lui.

– Oui ! fit Viv en tapant dans la main de Kyan. On a résolu le Mystère Roméo ! On forme une bonne équipe.

– Pas faux, dit Kyan qui rayonnait comme un ahuri.

Il commençait à se détendre en présence de Viv, il était plus bavard, il sortait de sa coquille. Mais il passait son temps à la regarder avec de grands yeux sans que Viv semble le remarquer.

– On pourra aller le chercher après les cours, dit-elle en se levant de table. Je vous retrouve devant le bahut. Il est hors de question que je manque ce grand moment !

– Il est possible qu'on rate le bus, intervint Kyan. Mais je te raccompagnerai à pied. Ta maison est sur mon chemin, me dit Kyan.

– Je demanderai la permission à Gail, mais je pense qu'elle sera d'accord.

Même s'il y avait un vent glacial, marcher me ferait du bien pour une fois. C'était plus naturel que de rester assise dans un bus étouffant. Et puis ce serait bien que j'apprenne le chemin pour rentrer, au cas où je rate encore le bus.

La sonnerie retentit et nous nous précipitâmes vers les casiers. Pendant que j'envoyais un message à Gail, un e-mail apparut dans ma boîte. Ça venait du *Reporter*, qui me proposait un entretien lundi midi. J'envoyai ma confirmation avant de me rendre en maths, ravie.

Les choses s'amélioraient. J'avais une chance d'obtenir un poste au journal de l'école et, dans quelques heures, j'allais peut-être revoir mon Roméo.

– C'est lui ! chuchota Viv, surexcitée, en désignant la foule de lycéens qui se déversait par les portes. C'est celui avec la doudoune verte. Tu le vois ?

Je scrutai l'océan de manteaux et de casquettes à la recherche de la doudoune verte. Mon cœur trembla quand mes yeux trouvèrent son visage. Il fallait que ce soit lui. *Faites que ce soit lui.*

– Ce n'est pas lui, constatai-je, déçue.

– Tu es sûre ? demanda Kyan. Il porte un bonnet. Peut-être que tu devrais aller le voir...

– Non, j'en suis sûre.

Ses traits n'avaient rien à voir avec mon souvenir et il avait les yeux bleus. Rien à voir du tout.

– Raphaël n'est pas mon Roméo.

Viv poussa un soupir en resserrant son manteau.

– Désolée, Lise.

Je rentrai le menton dans mon écharpe pour dissimuler ma tristesse.

– Merci. Je n'ai plus qu'à laisser tomber.

– Non ! s'écria Kyan avec force. Je veux dire que même si c'est impossible, même si tu sais que ça n'arrivera jamais, ce n'est pas grave. Quand on aime autant quelqu'un...

Il rougit avant de reprendre :

– Quand on aime autant quelqu'un, il y a toujours une petite partie de nous qui continue à se battre, même si tout le reste abandonne.

– Dis donc, fit Viv, on dirait que c'est du vécu.

Ça l'était, mais Kyan se contenta de hausser les épaules, les yeux baissés. Je me demandai s'il se rendait compte qu'il venait de se donner du courage par rapport à Viv.

– Alors qu'est-ce qu'on fait ? demandai-je. J'ai tout essayé...

– Tu devrais peut-être arrêter d'essayer, dit Viv, et voir s'il te trouve. Peut-être qu'il te cherche exactement comme tu le cherches. Oh, je dois y aller, reprit-elle en jetant un coup d'œil au parking. Ma mère est là, je dois aller me changer. Je vais au ciné avec Holden, ce soir. Désolée... c'est nul de te laisser pour aller à un rencard...

– Ne t'en fais pas. Ce n'est pas parce que je n'ai pas de Roméo que tu ne dois pas en avoir ! Je suis contente pour toi.

– Oui, moi aussi, dit la voix étouffée de Kyan.

Il avait enfoncé le bas de son visage dans son écharpe et scrutait très attentivement le trottoir.

– Je veux tous les détails ! criai-je à Viv.

C'était ce qu'une bonne copine devait dire, même si je n'étais pas tellement d'humeur à écouter Viv me détailler son rencard.

– Je t'envoie un message ! fit-elle avec un signe de la main.

Je rentrai à pied avec Kyan qui avait l'air aussi triste que moi.

– Je n'arrive pas à croire que Viv sorte avec Holden, grommelait-il. Je leur donne une semaine avant que ça tourne à la catastrophe.

– Peut-être pas.

J'avais envie de m'accrocher au peu d'optimisme qu'il me restait concernant les garçons.

Kyan haussa un sourcil perplexe.

– Holden est encore plus nul que Trent. Je sais que Viv et moi, ça n'arrivera jamais, mais j'aimerais bien qu'elle se trouve quelqu'un de gentil, tu vois ? C'est ça le pire.

Je comprenais totalement. Parfois, on voulait le bonheur de ceux qu'on aimait, même si ça nous rendait malheureux. Je connaissais ce sentiment depuis le divorce de mes parents.

– Tu sais ce qui est le pire pour moi aujourd'hui ? demandai-je. Comprendre que je ne saurai jamais qui est Roméo. Il est là, quelque part, mais il ne pense pas à moi. Il a oublié la Princesse Grenouille.

Et après ce qui venait de se passer avec Viv, le pauvre Kyan n'eut pas le courage de protester.

– C'est une erreur, dit la voix de Simone entrecoupée par les interférences du téléphone.

– Tu disais ? Une erreur ? Donc tu crois que je ne devrais pas arrêter de le chercher ? Je ne t'entends pas bien !

– C'est le DESTIN ! hurla-t-elle.

Je dus écarter mon oreille de l'appareil.

– J'ai *dit*, si tu arrêtes de le chercher et qu'il apparaît quand même, alors c'est le destin !

– D'accord, j'ai bien entendu cette fois, marmonnai-je.

– *Enfin*. Non mais tout ce que je dis c'est : ne te détourne pas de ton destin. Ou... un truc comme ça. Si ça doit arriver, ça arrivera.

Il y eut une pause alors que la communication se brouillait, puis :

– Bon sang mais où es-tu ? Dans une cabane à outils ou quoi ? Il paraît que ce sont des choses qui existent en dehors des frontières de la ville.

– Très drôle. Non... je suis dans la salle de bains du haut. Je ne peux pas parler dans la chambre de Destry. C'est le seul endroit où j'ai un peu d'intimité.

– Dans une maison avec un étage ? Tu veux que je saute dans le train pour venir botter des fesses ?

J'éclatai de rire. Le sens de l'humour sarcastique de ma meilleure amie me manquait tellement. Ça faisait du bien de l'entendre.

– Pas encore, mais en cas d'urgence je te sonnerai. Alors... comment ça se passe pour toi ?

– Oh, comme d'hab. Nicole se dispute avec ses parents et les cours c'est la plaie. C'est nul Boston sans toi, dit-elle en croquant probablement dans un popcorn au caramel.

– C'est nul ici sans toi aussi.

Je sursautai quand on toqua à la porte.

– Lise, dépêche ! cria la voix sempiternellement irritée de Destry. Tu es là-dedans depuis une demi-heure.

– Je dois te laisser, salut, murmurai-je dans le téléphone. J'arrive ! criai-je à Destry.

– Tu as intérêt à avoir laissé de l'eau chaude.

Laisse couler, me dis-je en m'éloignant. Ce serait ma nouvelle technique avec Destry. Moins je répondais à ses accès d'humeur, mieux c'était. Peut-être me testait-elle, pour me mettre dans des situations délicates. Quoi qu'il en soit, je n'allais plus la laisser me pourrir la vie. Hors de question.

Sûre de pouvoir battre Destry à son propre jeu, j'attrapai ma casquette de base-ball des Red Sox et allai chercher papa. Il avait travaillé tard à son cabinet d'avocat toute la semaine, et je l'avais à peine croisé, à part pour lui dire bonne nuit. À mon grand soulagement, il ne m'avait rien dit sur la fois où j'avais contrarié Gail. Mais, à présent, je commençais à me demander si ce qui le tenait éloigné de moi n'était pas plus sa déception que son travail.

Je le trouvai dans la future chambre du bébé, penché sur un berceau en construction, la sueur au front et le tournevis à la main.

– Coucou papa. Ça va ?

Le berceau retourné chancelait d'une manière incertaine.

– Assez mal, grommela-t-il. Je ne me rappelle pas que ton berceau ait été si compliqué à installer. Arg ! souffla-t-il quand le tournevis glissa. Mon dos va céder.

– Ça te dit de faire une pause ? demandai-je en saisissant ma chance. Tu te rappelles ce qu'il y a à la télé ce soir ?

Il m'en avait parlé quand il était venu me chercher chez maman, deux semaines plus tôt. Il était impatient de le regarder avec moi.

– Non, quoi ? demanda-t-il d'un air absent.

Comment pouvait-il avoir oublié ? Nous attendions cela avec impatience tous les ans.

L'an dernier pour mon anniversaire, nous avions pris l'avion jusqu'à Fort Myers pour y assister.

– Le premier match de la saison des Red Sox au JetBlue Park. Contre les Minnesota Twins ? Je m'apprêtais à allumer la télé.

– Ah oui, c'est vrai. Écoute *anjinha*, je sais que j'ai promis de regarder le match avec toi mais je dois finir de construire ce berceau, et puis j'ai aussi promis à Gail que j'aiderais Destry à réviser son contrôle de maths. Ses notes ne sont pas terribles et elle a du mal...

– Qu'est-ce qu'elles ont mes notes ? fit Destry d'un ton autoritaire en entrant dans la pièce.

Je lui adressai mon sourire le plus amical.

– Papa me disait que tu avais un contrôle de maths demain ? Je peux peut-être t'aider à réviser. Je suis le cours de maths du même niveau cette année.

– Évidemment, marmonna Destry. Tu es tellement douée et tout ça.

Ça n'avait rien d'un compliment.

Laisse couler, chantai-je dans ma tête, déterminée à prouver à papa que nous faisions des progrès dans notre relation.

– On en est sûrement à la même leçon, et...

– Je n'ai pas besoin de ton aide.

Ma détermination faillit devant son ton sec. Je réfléchis à ma proposition en me demandant ce que j'avais mal fait. Peut-être se sentait-elle insultée parce que j'étais dans la classe en dessous au collège mais que j'étais au même niveau pour les maths ? Je n'avais pas voulu paraître condescendante. Je rougis.

– D'accord, pas de problème, dis-je d'une toute petite voix. Je descends, le match va commencer.

Papa me fit un petit geste las de la main.

– On regardera le prochain match ensemble. Promis.

J'acquiesçai de la tête, mais j'avais le cœur lourd en m'installant devant la télé. Je voulais vraiment faire la paix avec Destry, pour papa. Mais laisser couler ses remarques devenait de plus en plus difficile, surtout quand papa avait l'air si préoccupé. Il voulait que je fasse de la place pour Destry et Gail dans ma vie, mais... pouvait-il faire de la place pour moi dans la sienne ?

5

– Roméo n'a pas oublié sa Princesse Grenouille ! Pas le moins du monde.

Tels furent les premiers mots de Kyan quand je le trouvai à faire les cent pas devant mon casier, lundi matin. Tout sourire à ses côtés, Viv sautillait d'excitation.

– De quoi tu parles ? demandai-je.

Viv me montra une page du *Reporter* et pointa quelque chose au milieu. Mon cœur flancha quand je lus l'annonce imprimée en gros caractères :

ARTISTE BOHÈME CHERCHE PRINCESSE DISPARUE

Recherche princesse amphibie, vue pour la dernière fois au Délice Sucré le jour de la Saint-Valentin. Si vous avez des renseignements, passez au *Reporter* au plus vite !

Je m'effondrai contre mon casier pour reprendre mon souffle.

– Oh bon sang. Ça veut dire... qu'il me cherche lui aussi !

Viv couina en sautant dans tous les sens.

– Ce n'est pas le truc le plus romantique que tu aies vu de toute ta vie ?

J'en avais le tournis.

– Alors... qu'est-ce que je dois faire ?

– Tu as bien un entretien au *Reporter* pendant la pause déjeuner, non ? demanda Kyan. Donc tu y vas, et pendant que tu y es, tu leur dis que c'est toi, la Princesse grenouille.

– Tu découvres le véritable nom de Roméo, continua Viv, et vous vous retrouvez ! Simple comme bonjour.

Je relus l'annonce alors que des tas de questions me trottaient dans la tête. Comment révéler à Roméo qui j'étais ? Comment allait-il réagir ? La terreur s'empara de moi.

– Et s'il est déçu en apprenant que c'est moi ? Je portais un masque ce soir-là. Et s'il s'est imaginé que j'étais une superbeauté ? Il va me voir et je suis...

– Parfaite, dit Viv fermement. Quand on veut survivre dans le mannequinat, il faut savoir s'affirmer. Tu le dis : tu le deviens.

– Ce qui me vient à l'esprit, c'est plutôt « commune », dis-je avec un rire nerveux.

– Tu es la même fille avec qui il a passé la Saint-Valentin, insista Kyan. Et puis si c'était l'apparence qui l'intéressait, il ne se préoccuperait pas d'une fille qui portait un masque de grenouille, non ?

– C'est vrai.

Mais je me sentais encore incertaine. La première sonnerie des cours retentit, alors j'attrapai mes affaires et quittai mes deux amis.

– On se voit en SVT, dit Kyan qui se dirigeait vers son cours d'espagnol.

– Essaye de ne pas trop y penser ! lança Viv par-dessus son épaule.

Oui... facile à dire.

Je passai la matinée dans le brouillard, à faire semblant de prendre le cours alors que je ne pensais qu'à mon entretien et à l'annonce que je gardais dans ma poche. Pendant la bio, Kyan me donna des douzaines de coups de coude pour attirer mon attention, mais il finit par se lasser et me laissa retourner à mon observation du ciel d'hiver par la fenêtre.

– Bon sang, tu es dans un sale état, constata-t-il en sortant de cours. Tu devrais aller à la salle de rédaction tout de suite.

– Je ne sais pas si je peux le faire.

– Tu ferais mieux. Ton Roméo et toi êtes les seules personnes à pouvoir me convaincre que le romantisme n'est pas mort.

– Mais tu as dit que toi et Viv...

– Il ne se passera jamais rien. Je me rappelle ce que j'ai dit. Mais c'est comme croire en l'existence des insectes aliens. C'est peut-être impossible, mais je ne veux pas entendre que ça n'existe pas.

– Merci beaucoup, dis-je sèchement, je n'ai pas du tout la pression, maintenant.

– De rien. On se retrouve à ton casier après les cours ?

Nerveuse, je m'éloignai dans le couloir. Quand j'entrai dans la salle de rédaction, le bruit familier des claviers tapotés à toute allure me ravit. Mon pouls se synchronisa au rythme des cliquetis. Mon enthousiasme à l'idée de travailler à nouveau pour un journal était si fort que j'en oubliai presque l'autre raison de ma venue. Presque mais pas tout à fait.

Une fille blonde qui arborait une expression extrêmement sérieuse leva les yeux de son écran.

– Salut, je m'appelle Lise. Je suis là pour un entretien, dis-je avec un grand sourire.

– Attends là, dit-elle en levant les yeux au ciel.

– D'accord, répondis-je sans me laisser déstabiliser par son air hautain.

Elle alla taper sur l'épaule d'un garçon penché au-dessus d'une table lumineuse, au fond de la pièce. C'était sûrement le rédacteur en chef, occupé à vérifier les photos. Je faisais la même chose dans mon ancien collège.

– Quoi ? grommela-t-il.

– Une autre de tes victimes est arrivée, dit la fille.

Le garçon repoussa brutalement la loupe sur la table, faisant sursauter tous les élèves autour de lui.

– Elles sont mauvaises, dit-il simplement. Jetez-les et recommencez. Vous pouvez faire mieux.

– Mais la date limite..., protesta une fille à lunettes.

– Faites-le, c'est tout !

Le garçon se redressa et se retourna dans ma direction. Des boucles noires encadraient son visage.

Je sursautai.

Ce visage fin, ces yeux verts à tomber. C'était *lui* ! Mon Roméo.

Mon cœur flancha quand nos yeux se croisèrent. Je retins mon souffle en espérant que quelque chose se produise sur son visage, qu'il me reconnaisse. Mais rien.

Il me tendit la main et je la serrai avec des picotements dans les doigts quand sa peau toucha la mienne. Mais il se contenta d'une poignée de main ferme et professionnelle.

– Salut. Je suis Rajeev Batik, rédacteur en chef. Tu peux m'appeler Raj.

– Dans les bons jours, lança la fille blonde. « Rédacteur en chef oui chef » dans les mauvais.

Il lui lança un regard noir.

– Chrissy, tu n'as pas une tribune à écrire ?

Chrissy s'éloigna en maugréant, puis Raj se tourna vers moi.

– Donc tu es là pour le boulot de journaliste ?

– Euh, je... je...

Je suis ta princesse, hurlait mon cœur.

Raj poussa un soupir exaspéré.

– Écoute, on est super occupés ici, et je n'ai que quelques minutes à t'accorder.

Prise de vertiges et déçue, je le regardai droit dans les yeux. J'avais rêvé de ce moment pendant si longtemps, et maintenant tout s'effondrait. Raj était brusque, froid et pas du tout souriant, rien à voir avec l'artiste plein d'esprit et adorable du Délice Sucré.

J'ouvris et refermai la bouche comme un poisson au bord de l'étouffement avant d'articuler :

– Oui, je suis là pour le poste. J'ai envoyé ma candidature la semaine dernière. J'ai beaucoup d'expérience dans le journalisme.

– Laisse tomber la candidature, c'est un truc exigé par le bahut. Moi, ce qui m'intéresse, c'est ton style.

– J'ai envoyé des articles...

– Ton style quand tu es *sous pression*, coupa-t-il en me faisant asseoir devant un ordinateur. Beaucoup de gens savent écrire quand ils ont le temps de se préparer. Mais tu n'auras pas ce luxe quand il y aura des délais.

Il me tendit des notes griffonnées ainsi qu'un article tapé intitulé « Débat autour du nouveau centre commercial de Whitman ».

– Cet article était trop mauvais, dit-il. Tu le réécris. Tu as vingt minutes.

J'acquiesçai d'un hochement de tête. Ma nervosité s'estompa, remplacée par une bouffée d'enthousiasme, et je fus soudain déterminée à montrer à Raj de quoi j'étais capable. Voilà ce que j'aimais écrire quand j'étais à Boston : des articles avec du mordant. Je me mis au travail sur l'ordinateur, à l'aise.

Il me sembla qu'une seule minute s'était écoulée quand Raj tapa sur mon épaule.

– C'est l'heure.

Je sortis de mon brouillard alors que l'imprimante crachait mon chef-d'œuvre de trois pages. Raj s'en empara sans me laisser le temps ne serait-ce que de relire la première page. Je retins ma respiration tandis qu'il lisait. Pour finir, il leva les yeux avec une expression impassible.

– Quelques maladresses, mais pas trop mal.

– Des maladresses ? J'ai à peine eu le temps de...

– On va te mettre à l'essai, dit-il avec l'air résigné, comme s'il préférait avoir une autre option. Les articles sont à rendre tous les lundis matin avant 7 heures. Tu tiendras la rubrique gastronomique.

– Des piges ? Mais avant j'écrivais des articles de fond. J'étais rédactrice en chef dans mon ancien collège !

J'étais presque sûre que de la fumée me sortait des oreilles.

– Plus maintenant. C'est à prendre ou à laisser.

Il s'éloigna en me laissant bouche bée. Comment avais-je pu me méprendre à ce point sur cette soirée au Délice Sucré ? Je n'étais pas tombée amoureuse d'un artiste gentil et introverti, mais d'un crétin pédant et détestable ! À moins qu'il ait un jumeau maléfique, cette situation n'avait ni queue ni tête.

Je m'apprêtai à quitter la pièce, décidée à ne plus jamais le revoir, mais je m'arrêtai net au souvenir de son sourire désarmant à la pâtisserie et des éclats verts qui dansaient à la lueur des bougies dans ses yeux. Sa bouche avait été si proche de la mienne.

Un frisson me parcourut le dos. Et si le peintre était encore là, quelque part ? Je me redressai, levai la tête, et pris une décision.

– Je prends le poste, dis-je fermement.

– Tant mieux. Un nouveau restaurant vient d'ouvrir sur Cobblestone Alley. Ça s'appelle Voyage Thaï. Va le tester et ponds-moi une critique. Pour lundi prochain.

– Il y a autre chose, lançai-je rapidement.

Mon cœur battait la chamade.

– C'est au sujet de l'annonce, pour la princesse disparue.

Soudain, sa brusquerie se dissipa.

– Tu sais qui c'est ? demanda-t-il avec empressement.

Peut-être n'était-il pas aussi dur qu'il le paraissait, après tout.

– Oui.

C'est moi ! C'est moi ! J'avais la vérité sur le bout de la langue mais je ne parvins pas à la dire. Pas encore. Pas jusqu'à ce que je découvre qui était le véritable Raj. Je réfléchis à toute allure.

– Mais le problème c'est qu'elle est... timide. Si tu me donnes ton adresse e-mail, je pourrais peut-être la convaincre de te contacter.

Un plan commençait à prendre forme dans mon esprit, un plan pour en savoir plus sur lui, sans révéler qui j'étais.

– Oui, d'accord.

Raj écrivit rapidement son adresse sur un papier qu'il me tendit.

– Mais pourquoi elle ne veut pas me revoir ? Tu ne peux rien me dire de plus à son sujet ?

– Je peux te dire une chose. Elle est impatiente de découvrir qui tu es réellement.

Je souris devant son air perplexe avant de sortir de la salle.

6

Je terminai mes devoirs dans le bus qui me ramenait à la maison, puis engloutis mon dîner afin de pouvoir accéder à l'ordinateur familial la première, pour mettre mon plan à exécution.

Faites qu'il soit en ligne, me répétai-je en m'identifiant sur ma nouvelle adresse : PrincesseGrenouille@webmail.com.

Après avoir raconté ce qui s'était passé avec Raj à Kyan et Viv, nous avions trouvé l'idée d'utiliser la Princesse Grenouille pour lui parler. Ainsi, ça me laissait du temps pour résoudre le mystère Dr Jekyll et Mr Hyde de Raj sans me mettre dans l'embarras.

Et si son côté odieux était permanent, je pouvais mettre un terme à toute cette histoire sans qu'il apprenne jamais que la fille qu'il venait d'embaucher au journal était également sa princesse disparue.

J'attendis que ma boîte de réception apparaisse à l'écran, et mon cœur sauta de joie à la vue du petit point vert qui indiquait que RajBat@webmail.com était en ligne. Le souffle court, je lui envoyai une invitation à chatter.

PrincesseGrenouille :
Princesse Grenouille à artiste bohème. Tu es là ?
La réponse arriva en quelques secondes :

RajBat :
Salut ! Je n'arrive pas à croire que c'est toi ! J'ai parcouru tout le royaume à ta recherche. J'ai eu peur de ne plus jamais te revoir.

Je souris devant mon écran.

PrincesseGrenouille :
Moi aussi. Si j'avais su que tu travaillais pour le journal, tu n'aurais pas eu à chercher.

RajBat :

Désolé. J'ai dû oublier de t'en parler ce soir-là. Ce n'est pas mon meilleur côté.

PrincesseGrenouille :

J'ai entendu dire que tu étais légèrement... odieux aujourd'hui.

RajBat :

Odieux ?!!

PrincesseGrenouille :

Ne t'en fais pas, je n'y ai pas cru.

RajBat :

J'essaye juste de sortir le meilleur journal possible. Ton amie Lise doit se blinder un peu, sinon elle ne va pas faire long feu.

Me blinder ? Eh bien c'était ce que nous allions voir.

PrincesseGrenouille :

Ne t'inquiète pas pour elle. Elle est solide. ☺ Alors... tu fais quoi ? Tu as peint de nouveaux chefs-d'œuvre récemment ?

RajBat :

Si seulement. Je n'ai rien dessiné depuis la Saint-Valentin.

PrincesseGrenouille :

Oh... tu as perdu ta muse ? ☺

RajBat :

Oui, les grenouilles sont ma source d'inspiration principale.

PrincesseGrenouille :

Comme tout le monde. Tu t'es déjà demandé pourquoi Monet avait peint autant de nymphéas ?

RajBat :

Arrête de me faire rire. Je viens de lâcher tous mes fusains sur mon clavier.

PrincesseGrenouille :

Des fusains ? Je croyais que tu ne dessinais plus.

RajBat :

J'essayais de m'y remettre ce soir. Mais ça ne marchait pas.

PrincesseGrenouille :

Tu as peut-être un problème de sujet. Tu voulais dessiner quoi ?

RajBat :

Toi.

Mon cœur bondit dans ma poitrine.

PrincesseGrenouille :

Ce sont mes pieds palmés le problème, hein ? Ils sont durs à reproduire.

RajBat :

Je veux dessiner ton vrai visage, mais je n'ai que ce masque.

PrincesseGrenouille :

C'est peut-être mieux comme ça. Je ne suis peut-être pas ce que tu espères sous le masque.

RajBat :

Je sais déjà qui est là-dessous... ta vraie personnalité. Mais j'aimerais la voir aussi !

PrincesseGrenouille :

Tu l'as déjà vue...

Je tapai les mots mais les effaçai sans les envoyer. Je ne devais pas trop en révéler.

Une main qui me tapota le bras me fit sursauter. Destry était penchée par-dessus mon épaule.

– J'ai un devoir à faire, dit-elle en plissant les yeux pour voir l'écran. C'est qui, RajBat ?

– Juste un nouveau copain au collège. Tu me laisses cinq minutes de plus ?

Destry fronça le nez, signe avant-coureur d'une nouvelle crise de colère.

– J'ai vraiment besoin de l'ordi... tout de suite. C'est important.

– Bon très bien.

PrincesseGrenouille :
Désolée je dois y aller. On se parle plus tard.

J'attendais la réponse quand Destry cliqua pour me déconnecter.

– Merci, chantonna-t-elle toute contente. J'en ai pour dix minutes.

Laisse... couler, me dis-je en serrant les dents.

C'est ce que je fis. Dix... vingt, trente minutes, à regarder la pendule pendant que Destry gloussait devant son soi-disant « devoir ». Au bout d'une heure, je perdis patience. Aussi gentiment que possible je lui demandai :

– Euh, tu as bientôt terminé ?

– Pas tout à fait.

Je jetai un œil à l'écran et sentis la moutarde me monter au nez.

– Hé ! Tu es sur Twitter depuis tout ce temps ? Tu as dit que tu faisais tes devoirs !

Destry haussa les épaules.

– Rien à faire.

Elle me regarda droit dans les yeux comme pour me défier de répondre.

– Tu ne peux pas monopoliser l'ordinateur pour aller sur les réseaux sociaux !

– Toi non plus ! cria-t-elle aussi fort que moi.

– Les filles !

Gail sortit de la cuisine avec sa démarche de femme enceinte. Elle avait l'air fatiguée et mal à l'aise, et je me sentis momentanément coupable de la mettre dans cette situation.

– Que se passe-t-il ?

– Lise parlait à un type mais j'avais des devoirs à faire, fit Destry avec une moue très étudiée. Tu dis toujours que les devoirs priment sur les réseaux sociaux, non, maman ?

– C'est la règle dans cette maison, Lise, dit Gail avec un soupir.

– Oui, c'est ça ! Moi je dois suivre la règle mais pas *elle* ! Elle est sur Twitter depuis une heure mais c'est moi qu'on accuse et elle on lui passe tout. C'est injuste !

– Ça suffit ! grogna la voix de papa.

Il entra encore en manteau dans le salon et passa un bras autour de Gail.

– Lise. Destry. Qu'est-ce que c'est que ce cirque ?

J'ouvris la bouche en même temps que Destry et nos voix montèrent crescendo jusqu'à devenir des hurlements indéchiffrables. Papa émit un sifflement assourdissant qui nous fit taire sur-le-champ en faisant le signe du temps mort.

– Vous savez quoi ? Je me fiche de savoir pourquoi vous vous battez. Vous êtes toutes les deux parties du mauvais pied et c'est embêtant... pour tout le monde, fit-il en tapotant le ventre de Gail. Donc je vais vous donner une mission. Vous allez peindre la chambre du bébé. Ensemble.

– Mais, Papa...

Je n'allais certainement pas passer autant de temps en compagnie de Destry, hors de question.

– Quoi ? protesta Destry. Mais j'ai danse après les cours...

Papa leva la main.

– Vous commencerez ce week-end.

Je ravalai mes protestations et acquiesçai d'un signe de tête en espérant qu'en acceptant la punition, la déception s'effacerait du visage de mon père.

Puis, je me précipitai à l'ordinateur pour voir si Raj se reconnectait avant de se coucher. Il n'était pas en ligne, mais je découvris un e-mail de sa part.

À : PrincesseGrenouille@webmail.com

De : RajBat@webmail.com

C'est encore moi.

C'est la deuxième fois que tu t'enfuis sans dire au revoir. Tu es sûre d'être une Princesse Grenouille et pas Cendrillon ? (Je rigole.) Mais je commence à me poser des questions. (Sans rire.) Ça te dirait de venir à la patinoire avec moi ? Samedi qui vient à Revere Pond à midi. Dis oui, s'il te plaît.

Je ne pus empêcher un énorme sourire de s'étirer sur mon visage. Il me proposait un rendez-vous ! Il voulait me revoir !

Toute rouge, je tapai immédiatement un « On se voit là-bas », mais à la seconde où je cliquai sur ENVOYER, ma joie commença à s'émietter.

Oh bon sang. Je venais d'accepter de le rencontrer en personne ! Ou du moins... la princesse avait accepté.

Raj m'avait déjà rencontrée, moi, Lise, dans la salle de rédaction aujourd'hui et les choses ne s'étaient pas si bien déroulées que ça.

Comment allais-je m'en sortir sans révéler qui j'étais ? Mince.

Comment, comment, comment ? La tête dans les mains, je réfléchis. Puis, soudain, j'eus une idée lumineuse. J'avais la réponse, la réponse parfaite. Je serais à la patinoire samedi, et la princesse aussi. Et je savais exactement qui elle serait...

– *Moi*? fit Viv en ouvrant de grands yeux. Tu veux que *moi* je fasse semblant d'être *toi*?

– Pas tout à fait. Je serai moi. Et toi, tu seras la Princesse Grenouille.

Elle et Kyan m'observaient, sceptiques. Nous déjeunions à la cafétéria et je leur exposais mon idée de la veille.

– On va tous ensemble à la patinoire. Mais toi, tu fais semblant d'être la fille que Raj a rencontrée au Délice Sucré. Seulement jusqu'à ce que j'arrive à comprendre sa personnalité. Tu comprends, que je sache qui est le véritable Raj et si je l'aime bien ou pas.

– Mais, Lise, on ne se ressemble pas du tout, protesta Viv. Tu ne crois pas qu'il va se douter immédiatement que je ne suis pas la fille qu'il a rencontrée cette nuit-là?

Je secouai la tête.

– Il faisait suffisamment sombre dans la pâtisserie et je portais un masque. En plus, on a toutes les deux les yeux marron. Et... tu peux toujours lui dire que tu portais une perruque ou je ne sais quoi.

– Il n'est pas du tout mon genre, dit Viv.

– Mais ce n'est pas grave. Puisque tu es censée découvrir s'il est *mon* genre ou non.

Nous gloussâmes sous le regard désapprobateur de Kyan.

– Je n'aime pas ça. Vous jouez avec ses sentiments.

C'était sa première intervention dans la conversation. J'eus la nette impression qu'il n'aimait pas du tout l'idée que j'implique Viv dans cette histoire.

– Ce n'est que temporaire, répliquai-je. Si je décide que je l'aime bien, alors on lui dira la vérité. Et sinon on mettra un terme à tout ça.

– Et Holden ? demanda Kyan. Il ne va pas se fâcher ? Tu sors avec lui depuis presque une semaine entière, maintenant. Pour toi, c'est comme si c'était du sérieux.

– Hé, c'est méchant ce que tu dis, fit Viv en posant la tête sur son épaule. Pourquoi tu es si grognon aujourd'hui ? Tu es jaloux ?

C'était une blague innocente de la part de Viv qui n'avait pas la moindre idée de ses sentiments pour elle. Mais je grimaçai en voyant Kyan se noyer dans l'embarras.

– Non ! Bien sûr que non ! C'est juste que... ce n'est pas très sympa pour lui, non ?

Viv poussa un soupir.

– Je me fiche un peu de ce que pense Holden. J'ai tourné la page. Hier soir, il m'a dit que je devrais laisser tomber le chocolat si je voulais continuer dans le mannequinat. Comme si ma mère ne me le disait pas assez.

Elle haussa les épaules puis, avec un sourire sournois, elle sortit des chocolats Hershey's de son sac.

– Holden et Trent ont dû passer leur diplôme d'abrutis ensemble.

– Pourquoi tu choisis des garçons comme ça ? lui demandai-je.

– Je ne sais pas, répondit Viv en avalant un chocolat. Ça doit être parce qu'ils n'arrêtent pas de m'inviter à sortir et qu'ils me disent que je suis jolie. Toutes les filles veulent qu'on les invite et qu'on leur dise qu'elles sont belles, non ?

– Oui, sûrement, mais s'il s'avère que ce sont des crétins, alors ça ne vaut pas la peine. Raison pour laquelle j'ai besoin d'en savoir plus sur Raj. Alors... tu vas m'aider ?

Viv sourit.

– D'accord. Ça va être marrant.

Mais en laissant Viv pour retourner à nos casiers, Kyan gardait les yeux fixés sur ses pieds.

– Ça va ? demandai-je. Tu as l'air abattu.

– C'est le cas.

Il se frottait le crâne si fort qu'il n'allait pas tarder à devenir chauve.

– Comme un cafard qui vient de se faire pulvériser par du Raid.

– Je... je ne vois pas trop ce que tu veux dire, mais ça n'a pas l'air marrant.

– C'est horrible. Tous ses petits nerfs de cafard qui explosent de douleur.

Devant mon absence d'expression, il poussa un soupir.

– Laisse tomber.

– C'est à cause de Viv ? demandai-je en prenant mes manuels dans mon casier.

– Évidemment ! grogna-t-il.

– Je suis désolée. J'aurais dû t'en parler avant de lui demander son aide pour Raj.

– Non, ce n'est pas ta faute. C'est moi qui n'ai pas arrêté de te dire qu'elle et moi ça n'arriverait jamais.

– C'est vrai. L'histoire impossible des insectes aliens, c'est ça ?

– Mais évidemment que je t'ai dit ça, s'écria-t-il. C'est ma façon de me protéger. Elle considère tous les garçons comme des rencards potentiels. Tous, sauf moi. Jamais moi. C'est sans espoir.

– Bien sûr que non. Tu pourrais lui avouer ce que tu ressens.

Il leva les yeux au ciel.

– Pourquoi ? Pour qu'elle se moque de moi ? Non merci. On est de nouveau amis pour la première fois depuis la maternelle. Je ne peux pas en demander plus.

– Si ça te va.

Il hocha la tête avec détermination.

– C'est juste que, parfois, j'oublie que je dois faire avec.

– Hé, au moins c'est fini avec Holden. Et tu sais que rien ne se passera entre elle et Raj. Elle l'a déjà dit.

Mais Kyan semblait toujours aussi morose et inquiet.

– Tu en es sûre, Lise ? Et si ton plan ne se déroule pas comme tu le prévois ?

– Ne sois pas si pessimiste. Qu'est-ce qui pourrait déraper ?

– Il ne viendra pas, dis-je en regardant ma montre pour la centième fois, perchée avec difficulté sur mes patins à glace.

J'avais demandé à Kyan et Viv de me rejoindre à la patinoire une demi-heure plus tôt, par précaution. J'observai le parc couvert de neige avec son kiosque charmant et le givre sur les arbres. Il y avait déjà une douzaine de patineurs, qui tournoyaient en faisant voler leurs écharpes sur l'étang gelé. Le charme pittoresque de la Nouvelle-Angleterre était plus présent ici qu'à Boston, même s'il m'était difficile de l'apprécier alors que j'étais si nerveuse.

– Tu as dit midi, objecta distraitement Viv, les yeux sur le téléphone de Kyan. Je n'y crois pas, cette vidéo de termites est incroyable. Tu savais qu'elles dévorent le bois deux fois plus vite si on leur fait écouter les Pink Floyd ?

Kyan rayonnait, tout fier. Son visage s'éclairait chaque fois qu'elle s'intéressait à son monde d'insectes. Et de manière tout à fait surprenante, Viv semblait sincère.

– Non, je l'ignorais, dis-je.

J'essayais de ne pas montrer mon agacement à leur manque d'intérêt pour l'absence de Raj. Mais au bout de cinq minutes à les regarder en tête à tête avec leurs termites, j'étais officiellement énervée.

– Hé ho ! Un peu de soutien moral s'il vous plaît !

Viv leva les yeux.

– D'accord, d'accord, désolée, dit-elle en faisant signe à Kyan de ranger son téléphone. On est là pour toi à cent pour cent. Il n'est que midi une, Lise. Crois-moi, il ne va pas laisser passer sa chance de rencontrer son âme sœur.

– Oui, qui joue le rôle déjà ? demanda Kyan avec ironie.

Soudain, j'aperçus Raj arriver depuis le sommet de la colline. J'attrapai Viv par le bras.

– Il est là.

Ses boucles tombaient sous son béret vert foncé et le bas de sa chemise dépassait de sous son anorak avec un charme débraillé et artistique. Je souris alors que mon rythme cardiaque accélérait, avant de me reprendre au souvenir de son comportement au journal.

Qui sera-t-il aujourd'hui ?

– Lise, il est super mignon, chuchota Viv. Je n'avais jamais remarqué.

– Ne m'en parle pas.

Je lui fis signe, et il s'arrêta net en me reconnaissant, une expression confuse sur le visage.

– Lise ? dit-il en s'approchant. Salut. Euh, qu'est-ce que tu fais là ?

Il n'avait pas l'air content de me voir, pas du tout, même. Était-ce parce qu'il croyait que c'était *moi* la princesse et que je n'avais rien à voir avec ce qu'il espérait ? Je souris malgré la tristesse qui me transperçait la poitrine.

– Salut. Viv m'a demandé de venir avec elle pour te voir. C'est elle...

– Ta princesse ! s'exclama Viv avec une révérence. Surprise !

Raj parut étonné mais ravi.

– Waouh, fit-il avec un rire nerveux. Viv ? Je ne me serais jamais douté, enfin... je ne m'y attendais pas.

– J'espère que c'est une bonne chose, plaisanta-t-elle, une main sur la hanche.

– Non, enfin si, balbutia Raj. Oui, c'est une bonne chose. Tes cheveux m'avaient paru beaucoup plus foncés au Délice Sucré.

– Ah oui bien sûr, répondit-elle avec un petit rire musical. Je portais une perruque ce soir-là, j'avais oublié.

– Oh. Et ta voix...

– Elle était enrouée, lançai-je. Tout va bien maintenant !

– D'accord.

Le silence retomba et Raj jeta des regards gênés à Kyan et moi.

– J'ai invité Lise et Kyan à venir patiner avec nous, dit Viv avec habileté. J'étais un peu nerveuse de te revoir.

– Ah bon ? dit Raj. Tu n'as pas l'air nerveuse du tout.

En effet, elle n'avait pas l'air le moins du monde stressée. Elle respirait la confiance en elle. On voyait d'où lui venait son talent de mannequin. Elle plaisanta avec lui pendant qu'il enfilait ses patins, puis passa un bras dans le sien pour l'emmener sur la glace. Tournoyant avec agilité au milieu de la patinoire, elle attrapa la main de Raj et passa en dessous, ce qui le fit éclater de rire.

– Venez, vous deux ! nous cria-t-elle en passant en coup de vent. Tant que l'étang est encore gelé !

Kyan me jeta un regard incertain mais je souris pour le rassurer : tout se passait exactement comme je l'avais prévu. Jusqu'à ce que je pose un pied sur la glace, évidemment.

Et que je prenne une gamelle.

Aïe.

– Ça va, Lise ? demanda Kyan.

Il avait l'air d'un épouvantail rachitique monté sur échasses.

– Tout va bien, dis-je en priant pour que Raj n'ait rien vu. Je suis juste un peu rouillée.

Je me relevai et tombai à nouveau.

– Rouillée à quel point ? murmura Kyan en m'aidant à me maintenir debout.

– Je n'ai jamais fait beaucoup de patin à glace. Pas beaucoup genre... jamais, en fait.

– Et moi qui me croyais ridicule.

Il poussa un soupir et désigna Viv d'un hochement de tête.

– Regarde-la. Elle serait même mignonne si elle se curait le nez.

Je voulus protester pour lui remonter le moral, mais en réalité il avait raison. La moitié des patineurs s'étaient déplacés sur les bords pour admirer les mouvements gracieux de Viv. Elle riait et bavardait avec Raj en patinant. Il avait toujours l'air légèrement surpris, comme s'il avait encore du mal à croire que c'était elle la princesse. Mais il se comportait en parfait gentleman, lui tenant les mains, souriant quand elle patinait à reculons pour rire. Et Viv jouait son rôle de princesse à merveille. En fait, je n'aurais pas pu faire mieux.

Un petit doute plana dans mon esprit mais je le chassai et m'élançai sur la glace.

– Rattrapons-les, dis-je à Kyan.

Je pris confiance à mesure que mes patins trouvaient leur rythme. J'étais peut-être capable de patiner, après tout.

Sauf que... je n'arrivais plus à m'arrêter !

– Attention ! hurlai-je avant de m'écraser contre Raj.

Il me rattrapa par la taille alors que mes pieds s'envolaient. Quand j'ouvris les yeux, son visage souriant était à quelques centimètres du mien. Il n'avait pas l'air du tout d'un crétin détestable. Il était seulement... adorable.

– Ça va ?

– Euh, oui, dis-je en reprenant mon souffle. Désolée. Je crois que mes patins sont cassés.

– Ah oui, c'est sûrement ça, dit-il en rigolant avant de me tendre la main. Viens, suivez-moi, toi et tes deux pieds gauches.

Nous glissâmes à quelques mètres de Kyan et Viv. Ma main me picota quand il la prit pour me faire avancer sur la glace.

– Tu vois ? Ce n'est pas si difficile, dit-il en accélérant.

– Je vais tomber.

– Alors je te rattraperai. Essaye de faire des mouvements fluides, pour que ce ne soit pas...

– Maladroit ? Comme mon style d'écriture ?

Une expression gênée passa sur son visage.

– C'était peut-être un peu dur, reconnut-il. Mais je veux que mes journalistes donnent le meilleur d'eux-mêmes.

– Tu as de hautes exigences.

– Oui. Mais je suis sûr que toi aussi, dit-il en me dévisageant. J'ai lu tes articles après ton entretien. Il n'y avait pas une seule faute. Tu ne serais pas un peu perfectionniste ?

– Peut-être, admis-je à contrecœur.

– Alors on formera une bonne équipe. Tant que tu acceptes mes critiques constructives.

– Oui, tant qu'elles ont une raison valable.

– Si ça peut te consoler, je suis encore plus critique envers moi-même. Je jette des tonnes de mon travail.

– Tes articles ? demandai-je.

– Non. Mes peintures.

– Ah oui. Viv m'a dit que tu adorais l'art. Mais... pourquoi tu jettes ton travail ?

Il secoua la tête.

– Parfois, j'ai peur de ne pas être assez doué pour pouvoir en faire réellement quelque chose.

– Mais c'est ridicule ! Tes dessins sont géniaux !

– Tu ne les as jamais vus, dit-il, troublé.

Oups.

– Non, dis-je avec précaution. Mais... d'après ce que m'a dit Viv, j'en suis sûre.

– Il y a des gens qui trouvent que c'est une perte de temps.

– Ah bon ? Qui ?

Sourcils froncés, il s'apprêta à répondre, mais Viv s'arrêta à notre hauteur, tout sourire, Kyan à ses côtés.

– Dites, on patine depuis des heures, dit-elle. Ça vous dit une pause chocolat chaud ? J'ai les doigts glacés.

– Attends, fit Raj qui prit ses mains dans les siennes pour souffler doucement dessus. C'est mieux ?

Mon estomac se noua.

– Oui, répondit-elle d'une petite voix surprise. Merci.

Soudain Viv avait l'air toute timide, elle commençait même à rougir, ce qui ne lui arrivait jamais. La jalousie me transperça, mais, au même moment, mon téléphone sonna. Le nom de Destry s'afficha et la panique remplaça immédiatement la jalousie. Inutile de répondre pour savoir la raison de son appel.

– Oh non ! m'exclamai-je en regardant l'heure. J'ai oublié que j'étais censée aider Destry à peindre la chambre du bébé. J'ai une heure de retard ! Le chocolat ce sera pour un autre jour.

Viv hésita.

– Ou alors... nous, on peut rester ici, suggéra-t-elle en jetant un coup d'œil à Raj qui hocha la tête avec enthousiasme.

– Moi je veux bien patiner encore un peu, dit-il avec légèrement trop d'empressement.

– Moi je m'en vais, dit Kyan, le visage crispé. Je crois que j'ai des ampoules aux pieds.

Raj regarda Viv qui souriait pudiquement.

– On n'est plus que tous les deux.

Tous les deux. Mon cœur se serra sans comprendre pourquoi en les voyant se sourire. Difficile de dire si Viv jouait la comédie ou si elle était sincèrement contente. Je n'avais pas la moindre envie de les laisser seuls, mais Viv m'adressa un subtil signe de tête et un clin d'œil, comme pour me dire « tu peux y aller, je maîtrise la situation ».

– D'accord, dis-je en remettant mes chaussures, résignée. Tu m'appelles plus tard ?

– Bien sûr, répondit Viv.

Mais elle et Raj se dirigeaient déjà vers la petite cafétéria au bord de l'étang.

Je rentrai avec Kyan, mais il ne marchait pas assez vite à cause de ses ampoules. Pour finir, je le saluai et me précipitai à la maison avant que Destry pique une crise d'hystérie.

J'avais la poitrine serrée et je n'étais pas sûre que ce soit dû au froid. Chaque fois que je pensais à Viv seule avec Raj, la douleur s'intensifiait. J'avais été tellement sûre que rien ne pouvait déraper, et, en apparence, tout s'était bien passé. Viv et Raj s'étaient bien entendus. Non, ils s'étaient entendus *à merveille*. Et c'était précisément ce qui pouvait devenir gênant.

7

– Tu es en retard ! lança Destry quand j'entrai dans la chambre du bébé, encore essoufflée.

– Je n'avais pas vu l'heure.

– Oui, bon, il faut qu'on ait terminé avant 17 heures.

Elle me tendit un pot de peinture.

– Je suis censée aller au bowling avec Jake ce soir, mais ton père a dit que je ne pourrais y aller que si on a terminé ce truc débile.

J'acquiesçai de la tête. Moins je passais de temps avec Destry dans un espace confiné, mieux ce serait. J'entrepris de peindre au rouleau le coin le plus éloigné d'elle. Je souris en découvrant la couleur bleu canard assez claire. Gail avait choisi ma couleur, au bout du compte. Voilà pourquoi Destry était de si mauvaise humeur.

– Pas comme ça ! fit-elle en secouant la tête devant mon travail. Tu utilises beaucoup trop de peinture. Ça dégouline.

– Je ne vois aucune coulure !

Je n'avais vraiment pas besoin qu'elle me donne une leçon de peinture en ce moment.

– Laisse-moi te montrer, soupira-t-elle. Donne-moi le rouleau.

Elle voulut l'attraper mais je m'écartai et un mince filet bleu gicla sur son jean.

– Oh non ! Regarde ce que tu as fait ! C'est mon jean préféré !

Je vis rouge. Il était temps d'arrêter de laisser couler et de lui dire ma façon de penser.

– Et alors ? dis-je. De toute façon ta garde-robe est déjà bien assez remplie.

J'agitai le poignet et la peinture éclaboussa son tee-shirt.

– Oups.

Destry vira au violet.

– Tu vas voir ! hurla-t-elle en trempant un pinceau dans son pot. Tu l'as fait exprès !

Elle me lança toute la peinture au visage.

Je restai une seconde en état de choc, avant de réagir.

– Oui, et j'en suis bien contente !

À mon tour, je lui donnai un coup de pinceau sur la joue.

– J'en ai tellement marre de ta façon de me traiter !

Je lui jetai toute la peinture de mon plateau sur les cheveux et elle répondit aussi vite qu'elle put en m'éclaboussant.

– Je ne t'ai jamais demandé d'emménager ici, cria-t-elle en essuyant la peinture de ses yeux. Je n'ai pas eu mon mot à dire ! Je déteste ça ! Je...

Te déteste. C'étaient les mots qu'elle avait sur le bout de la langue, j'en étais sûre. Mais elle ne put les prononcer car papa entra dans la chambre.

Il y eut un bruit quand Destry lâcha son pinceau. Ou peut-être était-ce la mâchoire de papa qui tombait par terre.

– *Ai meu Deus !* Mais qu'est-ce que vous faites ?

C'était plus un grondement qu'une question.

La pièce ressemblait à une zone de guerre de paintball.

– C'est sa faute ! cracha Destry en se mettant à pleurer comme une Madeleine. Je peignais toute seule parce que *madame* était avec ses amis. Elle avait oublié et quand elle est enfin arrivée, elle s'est mise à me jeter de la peinture !

– N'importe quoi !

– Ça suffit ! Je me fiche de savoir qui a fait quoi. Il va falloir que vous arrêtiez de ne penser qu'à vous et que vous commenciez à penser à la famille.

– Ce n'est pas... ma... famille ! hurlai-je en jetant mon rouleau au sol, comme si toute ma frustration de ces dernières semaines sortait enfin. C'est la tienne ! Et... je n'en fais pas partie. Jamais !

La douleur se lut sur le visage de papa. Destry nous regarda tour à tour alors que la colère s'effaçait du sien. Je sentis les larmes me monter aux yeux. Je n'avais pas voulu le blesser.

– Vous êtes toutes les deux punies jusqu'à ce que vous répariez ça, marmonna-t-il. Cette chambre sera très belle et vous ne sortirez pas de cette maison tant qu'elle sera dans cet état.

Sans un mot de plus, il quitta la pièce et, avant de donner la satisfaction à Destry de voir mes larmes, je sortis à mon tour.

Je passai la nuit à me tourner et à me retourner en essayant de trouver une position confortable. Il existait des canapés faits pour dormir dessus, malheureusement celui de papa et Gail n'entrait pas dans cette catégorie. Avec un soupir, je m'enfonçai dans les couvertures, l'estomac noué, en me repassant ma dispute avec papa dans ma tête... encore une fois.

Après un dîner effroyable durant lequel on n'entendit que le bruit des couverts sur les assiettes, papa et Gail étaient partis pour leur cours de préparation à l'accouchement, à l'hôpital. Puis Destry et moi nous étions retirées chacune dans un coin de la maison.

J'avais établi mon campement sur le canapé du salon car il était hors de question que je dorme dans la même chambre qu'elle après ce qui s'était passé. Une seule chose m'empêchait d'appeler maman pour la supplier de me prendre un billet sur le prochain avion pour la Suisse : Raj. Chaque fois que je repensais à sa façon de me rattraper par la taille quand j'allais tomber, un frisson me parcourait. J'avais alors eu un aperçu de la même gentillesse que j'avais vue chez lui au Délice Sucré. Mais il avait aussi fait son monsieur je-sais-tout quelques fois. Même après la patinoire, je ne savais toujours pas à quoi m'en tenir avec lui.

Et n'avoir aucune nouvelle de Viv depuis cet après-midi ne m'aidait guère. Elle n'avait répondu à aucun de mes messages, ni de mes appels. Je ne savais pas pourquoi j'étais si inquiète. Après tout, elle avait fait exactement ce que je lui avais demandé ! Et je lui en étais reconnaissante. N'est-ce pas ? Sauf que mon estomac se nouait chaque fois que je repensais au sourire de Raj quand ils patinaient bras dessus, bras dessous.

J'abandonnai l'idée de dormir et m'assis devant l'ordinateur. Raj était en ligne. Je l'invitai à chatter.

RajBat :

Te voilà. J'espérais que tu aurais envie de parler.

PrincesseGrenouille :

Je suis là. Impossible de dormir. Crise familiale.

RajBat :

Oh-ho. Qu'est-ce qui s'est passé ?

PrincesseGrenouille :

Comme d'habitude. Tu as déjà eu l'impression que personne ne te comprenait dans ta famille ?

RajBat :

Tous les jours. Mes parents croient pouvoir faire ce qu'ils veulent de moi. Je ne me sens moi-même que quand je dessine. Et je ne leur laisse jamais voir ce côté de moi.

PrincesseGrenouille :

Pourquoi ?

RajBat :

Mon père. Il trouve que l'art est une affreuse perte de temps. Il est magistrat et il est copain avec le principal Hinkle. Il m'a aidé à obtenir le poste de rédacteur en chef du journal pour que je puisse améliorer mon écriture. Il espère que j'entre en droit un jour. Tu sais, pour marcher dans ses pas, tout ça.

PrincesseGrenouille :

Mais... tu ne serais pas plus heureux si tu faisais quelque chose qui te plaît ?

RajBat :

Je n'ai pas le choix.

PrincesseGrenouille :

C'est nul d'être coincé par les décisions de ses parents.

RajBat :

Mais au moins on a pu aller patiner aujourd'hui, avant ta crise familiale. Non ?

PrincesseGrenouille :

Meilleur moment de ma journée.

RajBat :

Pour moi aussi. Mais j'ai pris froid en rentrant.

PrincesseGrenouille :

Ah bon ?

RajBat :

As-tu déjà oublié mon geste chevaleresque ? Mince. Pas sûr que je te prête encore mon manteau la prochaine fois que tu renverseras du chocolat sur le tien.

Je me mordis la lèvre. Viv avait porté le manteau de Raj ? Voilà qui était... inattendu. Mais si elle avait taché le sien, c'était logique. Parfaitement logique. Bien sûr.

PrincesseGrenouille :
Merci pour le manteau, vaillant seigneur Raj. J'espère que tu n'as pas eu trop d'engelures. Je ne voudrais pas abîmer tes mains de peintre.
RajBat :
Les doigts gelés me donnent un style très Picasso. Ça me va.

J'entendis la porte d'entrée s'ouvrir et les voix de papa et Gail dans le couloir.

PrincesseGrenouille :
Oh-ho. Alerte parentale. Je dois y aller.
RajBat :
Déjà ? À lundi. Bonne nuit.

Je me déconnectai et bondis sur le canapé au moment où papa et Gail entraient dans la cuisine sur la pointe des pieds. Je retins mon souffle en me demandant s'ils croyaient à mon sommeil. Gail chuchota qu'elle montait et le silence revint pendant ce qui me sembla une éternité. Je me crispai en entendant les bruits de pas s'approcher. Je m'attendais à me faire encore sermonner, mais papa se contenta de déposer un petit bisou sur ma tête.

Dès qu'il s'en alla, la culpabilité m'envahit. À part le temps de ma conversation avec Raj, j'avais passé la soirée à espérer retourner à Boston, dans ma chambre, dans ma maison, dans ma vraie vie. Mais l'amour de papa était aussi réel que tout le reste dans ma vie. Simplement, je ne savais pas s'il suffirait à me faire rester.

Je passai le rouleau de peinture sur le dernier pan de mur encore blanc, puis reculai pour admirer mon travail. Pas mal. Les murs étaient couverts d'une couche bleu canard, et j'avais retouché le plafond à la peinture blanche pour réparer les dégâts de la veille. Je retirais les bâches sur le berceau et le fauteuil à bascule, quand Destry, en pyjama, entra dans la pièce en bâillant.

Elle cligna les yeux de surprise.

– Tu as... fini ?

– Il est presque midi, et je me suis levée tôt de toute façon.

C'était plutôt que je n'avais pas dormi. J'avais passé la majeure partie de la nuit à me retourner sur le canapé en pensant à papa, Gail, maman, Destry, Raj et Viv. J'avais laissé tomber l'idée de dormir en entendant papa et Gail passer sur la pointe des pieds à côté de moi ce matin pour sortir faire les courses. Alors j'étais montée peindre la chambre pour me distraire. Au moins maintenant, cette pièce était terminée et je m'étais épargné la gêne de travailler avec Destry.

– C'est beau, dit-elle. Euh... merci.

Même si ses paroles sortaient à contrecœur, elle paraissait étonnamment sincère.

– Je ne voulais pas passer la journée coincée ici. Et j'imagine que toi non plus.

– Ça c'est sûr. Hé, dit-elle en me dévisageant, est-ce que tu pleurais dans la salle de bains, hier ? J'ai cru t'entendre et tu as les yeux tout rouges.

– Non. Ça doit être... les émanations de peinture.

Je baissai la tête pour dissimuler mes yeux rougis et tout gonflés.

– Comme tu veux. Tu n'es pas obligée de m'en parler.

Étais-je en train de rêver, ou était-elle un tout petit peu blessée ? Est-ce que ça voulait dire qu'elle *voulait* que je lui raconte ?

J'ouvris la bouche :

– Je...

– Ton père et ma mère sont rentrés. Maman avait une envie pressante de pancakes aux pépites de chocolat alors elle en a fait pour le brunch, coupa Destry, déjà dans le couloir. Tu devrais venir manger pendant que c'est encore chaud.

– D'accord, marmonnai-je.

Si Destry était capable de me tendre la main, ce dont je doutais encore, cela ne durait pas longtemps.

Les effluves de pancakes qui montèrent de la cuisine me mirent l'eau à la bouche. Je me dépêchai de refermer les pots de peinture. Puis mon téléphone sonna. C'était Viv ! Enfin !

– Salut ! dis-je en décrochant. J'ai essayé de te joindre un millier de fois.

– Je sais. Désolée. Quand je suis rentrée de la patinoire, ma mère m'a pris la tête parce que j'avais laissé mes joues sécher au froid. Elle m'a forcée à porter un masque à l'avocat pendant des heures. Ça me rentrait dans la bouche quand j'essayais de parler. Dégoûtant. J'en ai marre de son obsession pour ma peau. Elle me garderait sous verre, si elle pouvait.

Je me sentais mal pour elle mais je voulais des détails sur Raj.

– Alors... la fin de ton après-midi s'est bien passée ? C'était bien ?

– Oui, en fait, répondit-elle comme si elle était surprise. Raj est assez... intense, comme personne. Il s'est mis à me parler d'un truc d'art qui s'appelle le cubisme et moi j'ai cru que c'était de l'art de Cuba. J'étais un peu larguée. Mais il est vraiment adorable, Lise. Je ne sais pas d'où tu sors qu'il est odieux. Il est... gentil, intelligent, bien élevé. Il m'a même prêté son manteau quand j'ai renversé du chocolat sur le mien !

– Oui, il m'en a parlé, dis-je, aussi mal à l'aise qu'à la patinoire. On a discuté en ligne hier soir.

– Ah bon ? C'est génial ! Est-ce qu'il... est-ce qu'il a dit qu'il s'était bien amusé ?

– En tout cas il avait l'air.

– Ah tant mieux ! On est tellement différentes toi et moi. Je vois très bien comment tu as pu t'entendre avec lui, mais je n'étais pas sûre que lui et moi ça collerait. Les garçons peuvent être si... décevants, parfois. Mais il n'a jamais eu l'air de s'ennuyer quand je parlais, comme faisait Trent. Et il ne se met pas à roter toutes les deux minutes comme Holden. Ce sont des plus, non ?

– Ça c'est sûr. Je ne sortirai jamais avec un roteur.

– Tu vois, c'est ça mon problème. Je ne sais pas différencier les nuls des garçons bien. Enfin sauf hier...

Je ressentis un étrange malaise entre nous. Mais une seconde plus tard, elle reprit :

– Devine quoi ? Il a parlé de toi après ton départ.

– Ah bon ? dis-je alors que mon pouls accélérait.

– Oui. Il a dit que tu avais l'air très intelligente et qu'il avait probablement eu raison de t'engager comme journaliste.

Probablement ? Ce n'était pas ce que j'appelais un compliment retentissant.

– Il a dit autre chose, mais... je ne suis pas sûre que tu apprécies.

Je m'agrippai au téléphone.

– Quoi ?

– Il a dit... que tu aimais bien affirmer ton opposition et qu'il n'était pas sûr que le travail en équipe te convienne au journal, lâcha-t-elle.

– Mais de quoi il parle ? C'est la seule personne à qui je m'oppose. Et je suis très douée en travail d'équipe !

– Ne t'en prends pas à moi, implora Viv. Je t'ai promis de tout te dire, c'est ce que je fais.

– Ce n'est pas contre toi, répondis-je. C'est juste que je n'arrive pas à croire qu'il ait dit ça ! On a super bien discuté hier soir tous les deux et maintenant tu m'annonces ça ! Attends qu'il lise ma première critique. Il ne va pas en croire ses yeux de gros snob... Oh... non. J'ai oublié !

– Quoi ?

– Ma critique de Voyage Thaï, dis-je faiblement. Je suis censée la faire pour demain.

– Pas de panique, il n'est que midi.

– Je dois te laisser. Je ne suis même pas encore allée dans ce restaurant ! Il faut que j'y aille immédiatement !

– Attends une seconde, s'empressa de dire Viv. Donc... tu vas lui dire la vérité ? Tu sais, à propos de ton identité ?

– Pas encore. Je veux d'abord rendre ma critique. Je dois lui prouver qu'il se trompe. Il se permet d'émettre des jugements sur moi alors qu'il ne m'a pas encore donné ma chance au journal ! Je ne comprends pas du tout comment il fonctionne.

– Je ne sais pas, Lise. Il a des opinions bien tranchées, mais... toi aussi. Il a l'air assez parfait. Pour toi, je veux dire.

– On verra.

Je raccrochai puis me précipitai en bas pour demander à papa si je pouvais remettre les pancakes à plus tard. Il eut l'air sur le point de protester, mais il dut se rappeler la dispute de la veille et me laissa partir.

Je me précipitai dehors, dans le froid glacial. Mon ordinateur portable dans mon sac, je me dépêchai dans les rues endormies du dimanche, jusqu'au petit centre-ville de Whitman.

Seule une poignée de passants regardaient les vitrines de Main Street, gobelets de café dans leurs mains gantées. Je compris vite pourquoi : presque toutes les boutiques étaient fermées. J'eus un pincement au cœur en dépassant Au Délice Sucré, qui n'ouvrait que dans quelques semaines, d'après ce que je savais. La librairie voisine était également fermée. Je déglutis avec difficulté en pressant le pas, alors que l'inquiétude gagnait du terrain. Inquiétude qui se transforma en panique quand je tournai sur Cobblestone Alley. La pancarte accrochée à la porte de Voyage Thaï indiquait : FERMÉ.

Eh... zut ! Le visage collé à la vitre, j'observai le décor fusion à l'intérieur : lanternes rouge vif, griffons aux ailes dorées peints sur le mur. J'imaginai l'humiliation de devoir avouer ce qui s'était passé à Raj. Il jubilerait, sans aucun doute, et puis il me virerait avant même que j'aie pu écrire un seul mot. Non, ça n'arriverait pas. Il fallait juste que j'improvise, voilà tout.

Je consultai le site du restaurant sur mon téléphone en espérant que le menu y soit posté, mais la page était en construction. Encore raté. *Tant pis, tu peux le faire*, me dis-je.

Je rentrai à la maison de plus en plus confiante. J'avais déjà mangé dans une douzaine de restaurants thaïlandais à Boston. Je connaissais la plupart des plats les plus servis. Je n'aurais qu'à en citer quelques-uns dans ma critique et personne n'en saurait jamais rien. Surtout pas Raj. Demain matin, je rendrais un article du tonnerre. Je lui prouverais qu'il n'avait pas « probablement » fait le bon choix pour le poste. Il avait fait le choix *parfait.*

8

Je relus l'*incipit* de ma critique une fois de plus devant la salle de rédaction :

Vous ne sortez pas de votre cafard hivernal ? Vous n'en pouvez plus des ragoûts de votre mère ? Réveillez vos papilles en hibernation avec un voyage à travers les plats exotiques de Voyage Thaï. Pas besoin de passeport pour goûter les délicieuses saveurs du dernier restaurant à la mode de Whitman. Le tom yum goong, cette soupe pimentée aux crevettes et à la citronnelle, réveille votre langue comme le soleil printanier. Que dire du curry massaman avec sa sauce coco-tamarin, ses pommes de terre savoureuses et ses cacahuètes grillées ? C'est le plat tout désigné pour se débarrasser du froid glacial...

Arrivée à la fin, je souris. Ce n'était pas le genre d'article provocateur que j'aimais écrire, mais c'était loin d'être minable. C'était propre, sans fautes d'orthographe, et j'avais même inclus quelques jeux de mots gastronomiques. Et le plus important, je m'étais assurée qu'il n'y ait aucune chance que Raj y trouve à redire.

J'entrai à la rédaction tête haute, mais m'arrêtai net à la vue de Viv en train de rire et de bavarder avec Raj, tous les deux penchés sur une photo que Viv tenait.

– Salut, dis-je avec hésitation.

Viv leva la tête d'un coup et ses joues rosirent.

– Oh... salut ! répondit-elle joyeusement. Qu'est-ce que tu fais là ?

– Je travaille ici, tu te souviens ? rétorquai-je en essayant de la jouer cool. Et toi ?

– Oh, je suis passée rendre son manteau à Raj.

– Avant que je meure de froid, intervint Raj en lui souriant comme s'ils partageaient je ne sais quel secret.

– D'accord... bon, voilà la critique sur Voyage Thaï, lâchai-je.

– Merci. Si elle convient, elle paraîtra au journal demain matin.

Si elle convient ? Sérieusement ?

– Bon, j'ai cours, dis-je sans m'énerver. On a un contrôle sur les transcendantalistes en littérature.

– Ne m'en parle pas, grogna Viv. Tous ces essais sur la nature... je meurs d'ennui.

– Ah bon ? fit Raj avec une pointe de déception. Moi, j'adore Thoreau.

– Moi aussi, dis-je. Et je crois qu'on va voir sa tombe quand on ira visiter la maison de Louisa May Alcott à Concord, la semaine prochaine.

– Beurk, gémit Viv. En quoi traîner dans un cimetière constitue une sortie éducative ? Ça me fiche la trouille.

– Moi je trouve ça génial, la coupa Raj. Les cimetières, ça peut être très beau. Tu verras. Hé, on se mettra à côté dans le bus ? J'apporterai mon recueil de poésie transcendantaliste préféré. J'arriverai peut-être à te faire changer d'avis.

– J'en doute. Je ne suis pas très fan de littérature. C'est plutôt la spécialité de Lise. Tu devrais en parler avec elle un de ces jours.

– Oh, fit Raj en me regardant l'air déçu. D'accord.

– Mais, euh... oui, on pourrait tous s'asseoir à côté, s'empressa d'ajouter Viv. Toi, Lise, moi, et Kyan. Ça va être cool !

La sonnerie retentit.

– On doit y aller, dis-je à Viv qui ne semblait pas vouloir bouger. Viv... tu viens ?

– Oh oui ! À plus, fit-elle avec un signe de la main à Raj.

– On va être en retard en cours et j'ai mon contrôle.

Viv haussa les sourcils.

– Désolée. Tu aurais pu y aller sans moi.

– Ce n'est pas grave. Je voulais te parler.

Je me sentais coupable de lui avoir répondu sèchement. Qu'est-ce que j'avais, tout à coup ? Pourquoi Viv m'agaçait autant alors qu'elle n'avait rien fait ?

En arrivant devant ma salle, Viv m'adressa un sourire d'encouragement.

– Je te souhaiterais bien bonne chance, mais tu n'en as pas besoin. Tu vas réussir.

Elle allait partir mais se ravisa avec un air timide, très inhabituel chez elle.

– Lise ? Tu sais que Raj et moi on est juste amis, n'est-ce pas ? J'essaye seulement de t'aider...

– Et tu m'aides. Tout va bien.

Elle s'éloigna, l'air soulagé. Mais en m'asseyant à mon bureau, j'avais l'estomac noué. C'était encore ce sentiment que quelque chose clochait, sans que je puisse mettre le doigt dessus.

Même après le contrôle que j'étais quasiment certaine d'avoir réussi, la sensation persista. Je n'arrivais pas à m'en débarrasser.

Elle me suivit toute la journée et, à la fin du dîner silencieux avec papa, Gail et Destry, mes pensées n'étaient plus qu'un affreux nœud tout emmêlé dans ma tête. Ma dispute avec papa était un nœud, ma confusion à propos de Raj, un autre. Et au milieu de tout ça je voyais Viv et Raj penchés sur une photo dans la salle de rédaction, en train de se sourire.

Après mes devoirs, je me connectai en espérant, d'un côté, que Raj soit en ligne, et de l'autre, qu'il ne le soit pas, pour épargner un peu mon cœur. Pas de chance, pour mon cœur.

RajBat :

Salut toi. J'ai trouvé la citation transcendantaliste idéale pour toi. Prête ?

PrincesseGrenouille :

Je trépigne d'impatience.

Rajbat :

« Méfiez-vous de toute entreprise qui requiert de porter de nouveaux vêtements. »

J'éclatai de rire avant de taper ma réponse.

PrincesseGrenouille :

Hé, tu te moques du mannequinat ?

RajBat :

Qui ? Moi ? Jamais ! C'est Thoreau. J'adore tes vêtements, même s'ils sont plus que neufs.

PrincesseGrenouille :

Oui eh bien j'en ai une pour toi. « Rester soi-même dans un monde qui essaye constamment de nous changer est le plus grand des exploits. » Ralph Waldo Emerson.

RajBat :

Tu n'es pas très subtile.

PrincesseGrenouille :

Je suis plutôt douée pour dire ce que je pense.

RajBat :

Je croyais que tu détestais le transcendantalisme, et maintenant tu t'en sers pour donner des conseils ?

Oups. Viv citant du Emerson, ce n'était pas très crédible.

PrincesseGrenouille :

Je me suis rappelé cette citation parce qu'elle me faisait penser à toi.

RajBat :

Donc tu l'avoues. Tu... penses à moi ?

PrincesseGrenouille :

Hmmm... peut-être un petit peu.

RajBat :

Aïe. Qu'est-ce que je dois faire pour que ce soit beaucoup ?

PrincesseGrenouille :

Sois... toi-même, et tu y arriveras. ☺

RajBat :

Hmmm, peut-être que je n'aime plus tellement Emerson, finalement.

PrincesseGrenouille :

LOL. Hé, je n'arrive pas à dormir (encore une fois). Tu n'aurais pas des recommandations de musique pour me transcender ?

RajBat :

Essaye Chopin ou Debussy. C'est avec ça que je peins.

Je me connectai sur mon compte iTunes tout sourire.

PrincesseGrenouille :

D'accord. Je télécharge des playlists. Tu écoutes en même temps que moi ?

RajBat :

J'adorerais. Donne-moi cinq minutes pour arriver dans ma chambre.

PrincesseGrenouille :

Moi aussi... Bonne nuit.

RajBat :

Fais de beaux rêves, princesse.

Je me déconnectai et me précipitai à l'étage pour me glisser dans mon lit avec mes écouteurs.

Cinq minutes pile après avoir dit bonne nuit à Raj, j'appuyai sur PLAY. La musique douce emplit mes oreilles. Je souris en pensant à Raj, quelque part dans le noir, en train d'écouter aussi. Alors que je me laissais porter, je parvins enfin à éteindre l'interrupteur de mon cerveau emmêlé. Je laissai la musique de Raj me bercer jusque dans mes rêves.

Si ce mardi matin devait avoir un gros titre, ce serait: LISE SANTOS IGNORE TOUS LES AVERTISSEMENTS – DÉSASTRE IMMINENT.

Un désastre du genre à ne plus jamais vouloir se montrer au collège jusqu'à la fin des temps.

Je vis Raj sortir en trombe du bureau du principal, une pile de *Reporter* sous le bras, le visage déformé par la colère.

– Salut..., commençai-je.

Mais quand ses yeux tombèrent sur moi, il me saisit par le bras et m'entraîna dans le couloir.

– À la rédaction. *Maintenant.*

– Qu'est-ce qu'il y a?

Il se contenta de secouer la tête d'un air dégoûté, ce qui me mit en colère. Il ne prenait même pas la peine de me dire ce qui n'allait pas ! Je me dégageai.

– Je peux marcher toute seule.

– C'est vrai ? fit-il en abattant les journaux sur mon bureau. Parce que tu sembles incapable d'écrire toute seule.

– De quoi tu parles ? demandai-je en essayant de ne pas me laisser distraire par son beau visage.

– Page cinq. Ta critique de Voyage Thaï. Géniale. Fantastique. Surtout la partie où tu parles du curry massaman.

Il se pencha vers moi, ses yeux jetant des flammes vertes.

– Ce plat n'est même pas au menu !

Un frisson moite me parcourut le dos. Oh-ho. J'étais mal. Très mal.

– Je... je... Le truc, parvins-je à articuler, les yeux rivés au sol, c'est que quand je suis allée au restaurant dimanche, il était fermé. Je... je n'ai pas encore pu goûter leur cuisine.

Raj jeta le journal qu'il tenait sur le bureau.

– C’est évident. Et je suppose que tu ne savais pas non plus que le restaurant est tenu par la femme du principal Hinkle ?

– Pardon ?

J’arrivais à peine à parler sous le grondement de la chasse d’eau qui emportait tout mon avenir journalistique dans les toilettes.

– Mme Hinkle est née en Thaïlande. Elle rêvait d’ouvrir un restaurant depuis des années, gronda Raj.

Oh bon sang. De tout ce que je pouvais rater, j’avais choisi *ça* ? Mais qu’est-ce qui clochait chez moi ?

– Je ne savais pas...

– Mme Hinkle a été la première personne à ouvrir le journal ce matin, soupira Raj. Et *moi*, je viens de passer vingt minutes dans le bureau du principal à essayer d’excuser ta fainéantise.

– Je ne suis pas fainéante ! Comment j’étais censée savoir que Whitman se transforme en ville fantôme le dimanche ? À Boston, les restaurants sont ouverts tous les jours !

– Ce n’est pas une excuse. En tant que journaliste tu es censée faire des recherches, gérer ton temps. Tu as eu une semaine pour aller manger là-bas, et tu t'y es prise à la dernière minute ! Tu étais à la patinoire avec nous samedi alors que tu aurais dû être en train de rédiger ton article !

Je lui lançai un regard noir. On aurait dit que faire du patin à glace était un crime.

– J'ai le droit d'avoir une vie sociale, figure-toi. Et une critique de restaurant ce n'est *pas* un article. Je t'ai dit depuis le début que je ne voulais pas écrire cette rubrique, soupirai-je. Je veux parler de l'actualité, de l'administration étudiante...

– Après ce que tu as fait ? Qu'est-ce qui te fait croire que tu travailles encore pour ce journal ?

Mon cœur explosa. Allait-il me virer pour de bon ?

– Je... je...

– Tu crois que tu es trop bien pour écrire à propos de cuisine ? Avec cette attitude, on ne te donnera jamais rien d'autre à faire.

Le soulagement me submergea, et je respirai enfin pour la première fois depuis plusieurs minutes.

– Pour le moment, dit-il à contrecœur. Mais tu dois pondre des excuses à Voyage Thaï. Aujourd'hui. On les publiera au prochain numéro en espérant que le principal et sa femme oublient l'incident.

– D'accord, me contentai-je de répondre.

J'avais envie d'exploser, de lui dire que c'était injuste, mais l'une des grandes règles du journalisme disait de chercher la vérité et de la retranscrire. Je ne l'avais pas respectée et maintenant je devais obéir à la plus dure loi du journalisme. Je devais assumer la responsabilité de mes actes. Ce ne serait pas agréable, mais tout journaliste devait un jour reconnaître ses torts.

– Je te donne ça à la fin des cours.

Le téléphone de Raj sonna au moment où je sortais de la pièce. Il répondit avec l'air résigné et tendu. Je hasardai un coup d'œil par-dessus mon épaule et fus surprise de constater que toute son assurance avait quitté son visage.

– Je sais, papa, disait-il en se frottant le front. J'aurais dû empêcher son impression. C'était une erreur. Mais j'ai déjà parlé au principal et je vais arranger ça.

J'essayai de comprendre de quoi il retournait. Parlait-il de ma critique ? Alors c'était que le principal Hinkle avait dû appeler le père de Raj pour le mettre au courant. J'avais donc réussi à mettre Raj dans le pétrin avec son père. Fantastique. Je n'avais jamais vu Raj si déstabilisé et inquiet jusque-là.

Il avait l'air au fond du gouffre en raccrochant. Il croisa mon regard et j'attendis, retenant ma respiration, qu'il me dise quelque chose qui ressemble au Raj doux et gentil des macarons et du clair de lune.

– Heureusement pour toi que tu es amie avec Viv, lança-t-il. Sinon je ne t'aurais pas donné de seconde chance.

Les mots me transpercèrent comme des flèches. J'avais sûrement tort de m'accrocher à l'espoir d'un Raj différent. Peut-être que le garçon gentil de la Saint-Valentin n'avait jamais réellement existé.

Je trouvai Kyan et Viv à la cafétéria, au milieu d'un débat brûlant sur l'instinct meurtrier des femelles mantes religieuses.

– Je ne comprendrai jamais pourquoi les femelles mangent leurs partenaires vivants, disait Kyan. Elles les utilisent et après elles les tuent. C'est cruel.

– Je ne sais pas, répondait Viv. Si elles ont des copains comme ceux que j'ai eus, ils le méritaient sûrement.

– Tu dis ça, mais tu passes en revue tout le bahut à la recherche d'un cavalier pour le bal de l'hiver. Et en plus, Raj croit qu'il *te* plaît. Ce n'est pas cruel, ça, peut-être ?

– Non. Et puis je ne peux pas aller au bal toute seule, dit-elle avec dégoût. Et de toute façon Raj va finir par y aller avec Lise quand elle lui aura révélé qui elle est.

Son expression se voila une seconde avant de retrouver son sourire de modèle.

– Donc tu vois ? Tout va s'arranger.

– Ça ne risque pas. Je n'irai jamais au bal avec Raj, annonçai-je en posant mon déjeuner sur la table. C'est fini.

– Attends... ça avait commencé ? plaisanta Kyan avant de changer de ton. Pardon. Qu'est-ce qui s'est passé ?

– Qu'est-ce qui ne s'est pas passé, plutôt.

Nous avions eu un contrôle de SVT le matin donc je n'avais pas eu l'occasion de lui parler du désastre avec Raj. Je racontai toute l'histoire sous les hochements de tête compatissants de Kyan qui articulait des « pas possible » de temps en temps. Viv, elle, se contentait de fixer sa nourriture sans rien dire, ce qui ne lui ressemblait pas. Je terminai avec un soupir.

– La Princesse Grenouille, c'est fini. Il n'est pas celui que je croyais. Heureusement qu'il ne saura jamais qui j'étais.

– Mais quand même, c'est nul, dit Kyan. Enfin, ce qui s'est passé entre vous à la Saint-Valentin, c'était beau.

– C'est ce que je pensais aussi. Parfois, quand on discute en ligne, c'est comme si on était au Délice Sucré. Mais, au journal, c'est un vrai crétin. Je ne le supporte pas quand il est comme ça.

– Mais... tu ne crois pas vraiment que c'est un crétin, dit doucement Viv. Enfin, il avait *raison.* Tu n'aurais pas dû faire une fausse critique.

Kyan et moi la regardâmes, bouche bée.

– Tu rigoles ? demandai-je avec un petit rire nerveux. D'accord je n'aurais pas dû, mais quand même. Lui il n'avait pas à monter sur ses grands chevaux comme ça. Il aurait pu se comporter autrement.

– Peut-être, mais... ce n'était pas sa faute. Tu aurais pu t'excuser.

– Auprès de *lui* ? Certainement pas.

Viv gigota sur sa chaise.

– Moi non plus je ne comprends pas pourquoi il prend autant son boulot au sérieux. C'est sûrement embêtant pour lui d'avoir une erreur comme ça dans son journal.

Kyan la dévisagea en plissant les yeux.

– Pourquoi ça t'intéresse autant, ce qui l'embête ou non ?

– Non ce n'est pas vrai, enfin, pas vraiment. Mais... je trouve que ce n'est pas juste de le descendre comme ça. Je connais pas mal de types vraiment nuls, comparés à lui. C'est tout.

– Je vais déjà rédiger des excuses pour le prochain numéro. C'est plus que suffisant.

Que se passait-il aujourd'hui ? D'abord Raj qui explosait et maintenant Viv qui le défendait ?

Je me levai, plus grognon que jamais. Je n'étais pas sûre de pouvoir supporter d'autres critiques, surtout de la part de mes amis censés me soutenir.

– Je dois aller au journal. J'ai promis à Raj d'avoir écrit ces excuses à la fin des cours.

– Tu es fâchée ? demanda Viv. S'il te plaît, ne te fâche pas. Je suis désolée, j'aurais dû me taire.

– Mais non, tout va bien.

Je souris de mauvaise grâce. Je n'avais vraiment pas besoin de tension entre mes seuls amis ici et moi, donc je préférais laisser couler.

– Je t'appelle plus tard.

Avec un signe de la main, je me dirigeai vers la salle de rédaction, le cœur lourd, prête à ravaler ma fierté.

Quand je rentrai à la maison cet après-midi-là, mon humeur ne s'était pas améliorée. Le seul point positif de cette journée avait été l'absence de Raj au journal pendant que j'avais écrit mes excuses, donc j'avais pu les laisser sur son bureau sans me coltiner encore ses sermons.

Dans la maison, le silence me surprit tout autant qu'une odeur familière qui flottait. Est-ce que je m'imaginais des choses ou était-ce une odeur... de hot-dog ? Je salivai en entrant dans la cuisine. Aucun signe de Destry, ni de Gail, mais j'entendis papa m'appeler depuis le salon

– *Anjinha*, c'est toi ?

– Papa ?

Bouche bée, je découvris mon père au milieu du salon, affublé de la tenue complète des Red Sox, doigt en mousse, maillot et tout.

– Euh... qu'est-ce que tu fais à la maison ?

– J'ai pris mon après-midi. Et devine ce qu'on va regarder ? La victoire contre les Cardinals de 2004 ! s'exclama-t-il sans attendre ma réponse.

Mon cœur fit un bond à la seule mention de ce match. C'était la première victoire des Sox aux Word Series depuis quatre-vingts ans. Je n'avais que trois ans à cette époque, mais ça n'avait pas d'importance. Papa et moi regardions ce match chaque année pour commémorer cette victoire historique. C'était l'une de nos traditions, bien avant que Gail et Destry fassent partie du tableau.

Je m'assis à ses côtés pendant qu'il démarrait le match. La table basse était couverte de mes en-cas préférés : popcorn, bretzels à la moutarde, et hot-dogs.

– Waouh, c'est toi qui as fait tout ça ?

Papa hocha la tête en me tendant un hot-dog.

– Mange, l'odeur du hot-dog rend Gail malade. Il faut se débarrasser de toutes les preuves avant son retour, ajouta-t-il tout bas.

– Ça ne sera pas un problème, gloussai-je.

Avec l'excitation du match j'oubliai ma journée horrible. J'oubliai comme tout était compliqué avec la nouvelle vie de papa. Pendant quelques heures, j'arrêtai de trop réfléchir. Et, petit à petit, être avec papa devint facile et naturel, comme avant. Nous hurlions chaque fois que les Red Sox marquaient un point, nous renversions du popcorn par terre, ce qui aurait paniqué Gail. Et à la fin de la dernière manche, nous sautâmes du canapé en nous serrant dans les bras.

– Ce match est éternel, dis-je une fois le salon nettoyé et rangé.

– Oui, et le regarder avec toi c'est toujours super, renchérit-il en ébouriffant mes cheveux. Tu as cru que j'avais oublié cette année, hein ?

– Non...

Nous avions passé un si bon moment, je ne voulais pas la terminer sur un mensonge.

– Enfin... peut-être, avouai-je.

– Lise. Il se passe beaucoup de choses dans cette maison en ce moment, mais jamais je ne t'oublierai. Jamais.

– Merci de t'en être souvenu.

– Toujours. Si les Red Sox ont pu surmonter leurs difficultés, je peux le faire aussi.

– Qu'est-ce que tu veux dire ?

Papa avala un dernier morceau de bretzel puis poussa un soupir.

– Mélanger les deux familles n'a pas été aussi facile que Gail et moi l'espérions. C'est tout.

– Papa, ce n'est pas ma faute. J'ai essayé...

– Hé, je n'accuse personne. Nous sommes quatre dans cette maison et chacun de nous a joué un rôle dans le malentendu. J'apprécie que tu aies terminé de peindre la chambre du bébé toute seule. C'était un pas dans la bonne direction. Peut-être qu'au lieu d'essayer un peu, on devrait *tous* faire de notre mieux pour que ça marche.

Je baissai les yeux sans savoir si mes joues devenaient rouges de frustration ou si c'était à cause d'une honte enfouie.

Papa me serra l'épaule.

– Penses-y, d'accord ?

J'acquiesçai d'un hochement de tête.

– Je... Je ferais mieux d'aller faire mes devoirs.

C'était la vérité, mais c'était également une excuse pour m'échapper de cette conversation gênante.

– Lise, encore une chose, dit-il alors que j'étais déjà dans la cuisine. Gail, Destry et le bébé. Ce n'est pas *ma* famille. C'est *notre* famille.

Notre famille. Ces mots restèrent coincés dans ma tête alors que je commençais mes devoirs, tiraillée par la culpabilité. Quand Destry entra dans la chambre pour se coucher, je laissai tomber les devoirs et allai à l'ordinateur. J'avais besoin de retourner à la réalité et c'était avec Simone que j'y arrivais le mieux. Je lui écrivis un e-mail :

À : SimoneMason@webmail.com

De : LiseSantos@webmail.com

Coucou,

Tu me manques ! Il est tard et j'ai la tête comme une pastèque. Papa dit que je ne fais pas assez d'efforts avec Gail et Destry alors que j'ai l'impression de ne faire que ça ! Et si je ne leur donnais pas vraiment leur chance ? Peut-être que le problème c'est que je ne les vois pas comme ma famille, même si (au secours) elles le sont, si on veut. Qu'est-ce que tu en penses ? (Sois honnête. Je surmonterai.)

Scoop : Nous avons la confirmation que Raj Batik est un crétin. (Plus de détails quand on se parlera demain.)

Bisou

Lise

J'envoyai et j'allai me déconnecter quand une invitation à discuter apparut sur mon compte PrincesseGrenouille. C'était Raj. La colère remonta d'un coup, et ma main hésita au-dessus de la souris. Je pouvais l'ignorer et même mettre un terme à tout ça ce soir, tout de suite, en lui disant que je fermais mon compte. Mais j'étais curieuse de savoir ce qu'il avait dans la tête et si j'allais enfin parvenir à résoudre le mystère Raj Batik. J'ouvris la fenêtre.

RajBat :

Salut toi. Trop content que tu ne sois pas couchée ! Tu as parlé à Lise aujourd'hui ?

Je ricanai devant l'écran. Si seulement il savait.

PrincesseGrenouille :

Bien sûr. On est TRÈS proches. Elle m'a raconté ce qui s'est passé.

RajBat :

Elle doit me détester ? Je n'y suis pas allé de main morte. J'ai peut-être été un peu trop dur.

PrincesseGrenouille :

Oui. Qu'est-ce qui t'a pris ?

RajBat :

Je savais que mon père allait paniquer quand il entendrait parler de la critique. Il n'aime pas qu'on commette des erreurs. Mais là c'était pire parce que ça touchait le principal Hinkle. Mon père pense que j'aurais dû mieux vérifier la critique de Lise, et que je n'ai pas fait mon travail. C'est tellement frustrant. Enfin bon, c'est mon problème, mais je me suis un peu défoulé sur Lise.

PrincesseGrenouille :

Tu pourrais peut-être t'excuser auprès d'elle.

RajBat :

Mais ça voudrait dire que je la laisse s'en tirer comme ça. Je lui faisais confiance et elle a fait une énorme erreur.

PrincesseGrenouille :

Oui. Elle le sait. Mais elle a du mal à l'admettre. Elle a des problèmes familiaux en ce moment, elle aussi. Sois un peu plus cool, peut-être ?

RajBat :

Peut-être. Ce serait plus facile de travailler avec elle si elle était plus ouverte à son nouveau boulot. Elle n'essaye même pas de s'y intéresser.

Waouh. C'était la deuxième fois qu'on m'accusait de ne pas faire d'efforts en à peine quelques heures. D'abord papa, puis maintenant Raj. Je commençai à comprendre. Je ravalai ma fierté et tapai la suite lentement.

PrincesseGrenouille :
Elle fera mieux la prochaine fois. Donne-lui cette deuxième chance, OK ?
RajBat :
OK.

Nous discutâmes encore un peu, de films, de livres et de divers sujets. Nous n'avions pas toujours les mêmes goûts, mais ça rendait les choses plus intéressantes. Même nos débats étaient chouettes. Raj écoutait mes avis et n'avait pas peur de donner les siens. J'avais l'impression de pouvoir tout partager avec lui, sauf ma véritable identité. Il ne parla plus de « Lise » mais moi, je continuai de penser à sa remarque comme quoi je devais avoir l'esprit ouvert.

Cette nuit-là, je restai longtemps éveillée dans mon lit, à me remémorer notre conversation et celle que j'avais eue avec papa. Je n'avais pas besoin de Simone pour me dire ce que je savais déjà : durant toutes ces semaines, je n'avais pas réellement donné leur chance à Whitman, ni à ma vie ici. Dès demain, cela changerait.

9

– Si j'en avale encore une bouchée je vais vomir.

Kyan se tenait le ventre devant la montagne de mini-hamburgers sur la table. Pas très surprenant, vu comme il était maigre. Où pouvait-il bien mettre tout ça ?

– Continue, dis-je en ignorant mon propre malaise grandissant.

J'attrapai un burger avocat-haricot noir.

– On doit tous les goûter.

Je prenais des notes en même temps sur mon ordinateur. *Crémeux, gras, petite touche pimentée,* etc.

Nous faisions une dégustation chez Flare, le restaurant de burgers sur Washington Lane, depuis au moins deux heures. Jusqu'à présent, j'avais pris des notes sur une vingtaine de burgers différents. Ce qui signifiait...

– Plus que dix !

Kyan grogna.

– Il n'y a pas un moyen plus facile de faire la paix avec Raj ?

– Tu connais la réponse. Cette critique de Flare doit être parfaite.

J'attrapai le burger qui était censé avoir fait la renommée de la chaîne dans toute la Nouvelle-Angleterre. Il s'appelait l'Independence Burger et contenait tomates, oignons et... des chips de pommes de terre violettes (j'imagine qu'il avait dû être difficile de constituer les bonnes couleurs du drapeau américain avec des aliments).

– Je veux que Raj voie que je prends mon travail au sérieux. Même si ce n'est pas celui que je voulais.

– Tu as passé ta vie au journal, avant et après les cours et à tous les déjeuners cette semaine. Crois-moi, il a compris le message.

– Pas si sûr.

Depuis le désastre de lundi, j'avais passé des heures à travailler à mes deux nouvelles tâches, mais Raj avait à peine semblé le remarquer. Il avait marmonné un « bon travail » en lisant mon article sur le restaurant italien Nino's Trattoria, mais à part ça, il avait passé son temps d'un bureau à l'autre à apporter des corrections grammaticales, étudier des photos et vérifier la maquette. Il ne restait jamais plus de quelques minutes au même endroit et j'avais la nette impression qu'il croyait que c'était ainsi que les choses devaient se passer.

– Je n'ai jamais vu quelqu'un travailler aussi dur et avoir l'air aussi malheureux.

– Moi si, répondit Kyan. Viv.

– Viv ? Quand ça ?

Je n'avais jamais vu Viv autrement que surexcitée et tout sourire.

Kyan haussa les épaules.

– Je l'ai vue à une séance photos au centre commercial, un jour. Elle était assise sur une chaise avec tout un essaim de personnes qui s'affairaient autour d'elle, à lui ébouriffer les cheveux, ou lui mettre des tonnes de maquillage. Et sa mère n'arrêtait pas de lui dire de sourire comme ci ou de se tenir comme ça. Viv avait l'air d'un petit cloporte sur le point de se rouler en boule. Fatiguée d'être trimballée à droite à gauche.

– Elle ne m'en a jamais parlé.

– Non, dit-il. Elle n'en fait pas tout un plat, sûrement parce que la plupart des gens au collège trouvent que c'est trop cool d'être mannequin. Elle ne veut pas avoir l'air de se plaindre. Mais, ces derniers temps, elle vide pas mal son sac. Parfois, elle m'appelle le soir, juste pour parler.

– Ah bon ? Mais c'est génial !

– On verra, répondit-il, hésitant. Je préfère ne pas trop me faire d'illusions. J'ai pensé que j'aurais peut-être un jour ma chance avec elle si je devenais son « bon ami ». Tu sais, l'épaule pour pleurer après sa prochaine rupture. Enfin, pourquoi pas ? Les outsiders finissent avec les super belles filles tout le temps dans les films, non ? Mais elle est tellement... changeante quand il s'agit des garçons.

Il fronça les sourcils et poursuivit :

– Écoute, elle fait marcher Raj comme si elle s'intéressait à lui. Elle jure que ça fait partie du plan. Mais je n'en suis pas si sûr.

Je posai la fin de mon burger, perdant tout ce qui me restait d'appétit.

– Qu'est-ce que tu veux dire ?

– Je ne sais pas très bien. Elle s'est peut-être mis en tête d'avoir un petit copain gentil, pour une fois. Parfois, je me demande si elle ne veut pas réellement tomber amoureuse de lui. Pas parce qu'ils sont faits l'un pour l'autre, mais uniquement parce qu'il représente une option correcte après une tonne de mauvais choix.

– Elle a le droit d'être amie avec lui, dis-je, mal à l'aise. Ça lui fait du bien.

– C'est sûr. D'ailleurs, on en est tous les deux ravis, n'est-ce pas ? fit-il, exaspéré. Enfin Lise, tu n'as pas envie de les voir devenir très amis, pas plus que moi.

– Mais si, lançai-je en sentant le rouge me monter aux joues. Pourquoi pas ?

– Parce que. Quel garçon n'est *jamais* tombé amoureux de Viv à un moment ou à un autre ?

Je parie que Raj ne fait pas exception. Et tu as peur de ça. C'est probablement déjà en train de se produire.

Il repoussa son assiette d'un air abattu.

– Tu discutes toujours avec lui en ligne ?

– Presque tous les soirs. Hier on a parlé deux heures d'affilée, dis-je en souriant au souvenir de la conversation. Il m'a envoyé la photo d'une peinture sur laquelle il travaille pour me demander mon avis. Je lui ai fait une liste de mes livres préférés et il a dit qu'il voulait en lire un. On a toujours quelque chose à se dire. Mais dès que je suis au collège, il m'ignore totalement. Je suis en train de perdre les pédales.

– Mais c'est parce qu'il ne sait pas que tu es... *toi*, remarqua Kyan.

– C'est vrai. Quand on se parle, il s'imagine Viv... Mais bon, qu'est-ce que ça peut faire que Viv soit amie avec lui ? demandai-je. Elle a une liste de cavaliers potentiels pour le bal de l'hiver longue comme le bras. Elle nous l'a montrée hier, et Raj n'est pas dessus.

– Pas encore, releva Kyan. Mais chaque fois qu'ils se voient, les chances augmentent. Et si c'est lui qui l'invite ?

Mon estomac se noua. Comment cette idée n'avait-elle jamais traversé mon esprit ?

– Mais non, dis-je d'un ton définitif pour me rassurer.

– Peut-être que si, et qu'est-ce qui se passera ensuite ? demanda Kyan. Comment pourrait-elle dire non à un type qui la prend pour une princesse ?

J'ouvris la bouche pour protester mais me ravisai. Malheureusement, il avait raison. Sacrément raison.

Sur le chemin de la maison, mon estomac me faisait souffrir, mais je ne savais pas très bien si ça venait des burgers ou de ce qu'avait dit Kyan. J'étais tellement sûre que ce plan ne pouvait pas rater, quand je l'avais échafaudé. Mais si Viv commençait à voir en Raj plus qu'un ami ? Que se passerait-il alors ?

J'essayais d'appeler Viv mais tombai directement sur son répondeur. Je savais qu'elle devait manquer les cours demain à cause d'une séance photos, mais il y avait la sortie scolaire à la maison de Louisa May Alcoot vendredi. J'aurais peut-être une chance de lui parler alors.

À la seconde où je mis un pied dans la maison, la voix de Destry me vrilla les oreilles.

– Je ne sais pas où ils sont, maman, disait-elle depuis la cuisine. Mais ce n'est pas moi. Je ne les toucherais même pas avec un bâton !

– Des œufs au vinaigre ça ne disparaît pas comme ça ! répondit Gail, plus à cran que jamais.

Je songeai à faire demi-tour. Je pouvais probablement ressortir sans que personne s'en aperçoive. Mais je me rappelai les paroles de papa. Notre famille. Pour le meilleur *et* pour le pire.

Je fermai la porte, posai mon sac et avançai en première ligne.

– Salut ! m'exclamai-je avec un sourire joyeux. Qu'est-ce que vous faites ?

Destry se contenta de grogner.

– Je cherche mon bocal d'œufs au vinaigre, dit Gail avec un sourire las. Tu ne les aurais pas vus, par hasard ?

– Non, désolée. Euh... peut-être au réfrigérateur ?

– On a déjà cherché, grommela Destry. Cinq fois. Regarde les choses en face, maman, tu les as sûrement tous mangés et tu as oublié.

Gail la fusilla du regard.

– Je n'ai *pas* mangé le bocal entier toute seule !

– Personne d'autre n'en mange dans cette maison, dit Destry en haussant le ton. Nous on mange des trucs normaux.

Je réprimai un éclat de rire. C'était sans doute la vérité, mais ce n'était vraiment pas le moment de le dire tout haut.

Gail se redressa, une main sur les reins.

– Très bien. Alors pourquoi les gens *normaux* de cette maison n'iraient pas au magasin m'en racheter ? Destry ?

– Quoi ? Tu rigoles ? Je viens juste de rentrer de la danse !

– Oui et tu portes toujours ton manteau, comme ça c'est facile, dit Gail en lui tendant un billet de dix dollars. Je vais faire une sieste, ajouta-t-elle avant de sortir de la cuisine.

– Je n'arrive pas à croire qu'elle me demande à *moi* d'y aller, cracha Destry. J'ai un contrôle de maths demain et j'ai tellement de trucs à réviser...

Une demi-seconde, son visage d'habitude impassible s'affaissa et prit une expression plus douce, moins maîtrisée. Comme si un rideau était tombé et qu'on découvrait, derrière, une fille ordinaire et stressée. Comment avais-je fait pour ne jamais la voir ? Peut-être parce que Destry l'avait cachée, ou que je ne regardais pas vraiment.

Sans réfléchir je proposai :

– Je viens avec toi !

Nous échangeâmes un regard choqué. J'attendis la remarque sournoise, mais elle ne vint pas.

– Euh... d'accord. Merci, ajouta-t-elle.

Quelques secondes plus tard nous étions dans la rue. Tout d'abord, je ne dis rien, pensant que si je parlais à nouveau, le charme serait brisé. Mais soudain, Destry secoua la tête et marmonna :

– Des œufs au vinaigre. Dégoûtant.

Nous éclatâmes de rire.

– C'est vrai, articulai-je entre deux hoquets. Et elle a sûrement mangé *tout* le bocal. Hier soir, je l'ai vue en avaler cinq pendant le dîner !

Nous riions si fort qu'il fallut nous arrêter au milieu de la rue pour reprendre notre souffle.

– Tu sais, d'un côté j'ai peur que le bébé change tout. Mais, d'un autre, je suis super impatiente, me dit Destry. Parce qu'au moins maman arrêtera de se comporter comme une foldingue.

– Je ne parierais pas là-dessus, à ta place, la taquinai-je.

– Bon... je crois que je te dois des excuses, fit soudain Destry, gênée. J'ai été une demi-sœur assez odieuse ces derniers temps, non ?

– Euh... est-ce que tu vas mal le prendre si je dis oui ? demandai-je avec hésitation.

– Non, gloussa-t-elle. Je savais que je n'étais pas sympa.

– Ah bon ?

Elle hocha la tête.

– C'est que... j'étais un peu jalouse. Avant que tu emménages, ton père n'arrêtait pas de nous vanter tes mérites, à parler de tes bonnes notes à maman et à dire qu'il était fier que tu sois rédactrice en chef du journal. Je crois que j'avais peur de ne pas être à la hauteur.

Je la regardai, bouche bée.

– Tu rigoles ? Mais... tu es tellement belle ! *Et* populaire ! Je ne vois pas pourquoi...

– Je suis peut-être populaire, mais pour ton père ce n'est pas la même chose que d'être une bonne élève. Tu sais, j'ai à peine la moyenne en maths, ajouta-t-elle, les yeux baissés.

– Papa a dit que tu avais un peu de mal, mais je ne pensais pas à ce point.

– Maintenant tu es au courant. Mon vrai père ne s'est jamais tellement intéressé à mes notes et tout ça, donc c'était difficile de devoir écouter le tien alors que le mien est invisible la moitié du temps.

– Je comprends.

À ses joues rouge pivoine je voyais bien qu'il était difficile pour elle de se montrer sincère, alors je décidai que je devais lui rendre la pareille.

– Et... moi j'étais jalouse de *toi*.

À son tour de me regarder bouche bée.

– Avant, quand je voyais papa, on n'était que tous les deux. Mais depuis que je suis ici, je n'ai pas passé tellement de temps seule avec lui. Je crois que je ne suis pas encore habituée à le partager.

– C'est drôle parce que c'est pareil pour maman et toi. Et ça va devenir encore plus dur quand le bébé sera là, dit Destry.

J'acquiesçai de la tête.

– Mais c'est quand même génial, tu ne crois pas ? Un petit frère ou une petite sœur tout neuf !

– Couches sales, grimaça Destry.

– Et baby-sittings. Mais ça ne sera pas si horrible si on fait ça ensemble.

– Et s'ils nous payent ! Je veux bien garder le bébé gratuitement, mais les couches ? Certainement pas.

– Ça va leur coûter un max.

Nous parcourûmes les deux derniers pâtés de maisons dans un silence confortable avant d'acheter deux bocaux d'œufs au vinaigre.

– Au cas où, dis-je à Destry.

Puis nous rentrâmes à la maison.

– Au fait, pour ton contrôle de maths, dis-je prudemment une fois devant la porte. Je peux t'aider à réviser si tu veux.

J'attendis avec appréhension, au souvenir de sa réaction la dernière fois que je lui avais proposé mon aide. Mais, cette fois, elle accueillit ma proposition avec un grand sourire.

– Ce serait super. Parce que si ton père utilise encore une fois l'exemple des Red Sox pour m'expliquer quelque chose, je hurle, ajouta-t-elle dans un murmure.

– Pas de souci. On pourra utiliser des chaussures à la place.

– Ça, ça me parle !

Nous retrouvâmes une Gail folle de joie et quand papa rentra à la maison, le dîner tous ensemble fut convivial, nous parlâmes de nos journées comme si nous faisions ça depuis toujours. Gail et papa eurent l'air contents quand je montai aider Destry pour ses devoirs. Puis Destry me proposa d'utiliser son ordinateur pour écrire ma critique de Flare et envoyer des messages à maman et Simone.

Je n'étais pas sûre que cette trêve dure éternellement, mais quand j'allai me coucher sur la pointe des pieds alors que Destry dormait déjà, j'aperçus une vingtaine de cintres libres et un grand espace récemment vidé de mon côté du placard, qui ne l'avait pas été jusqu'à présent.

Jeudi matin avant le début des cours, j'allai déposer ma critique au bureau de Raj. Je m'attendais à ne trouver personne, mais il était là, penché sur une table, un fusain à la main. Mon cœur flancha à le voir avec son carnet à dessins, concentré sur sa feuille. Je ne l'avais plus vu comme ça depuis cette nuit au Délice Sucré, et mes souvenirs refirent surface.

Il ne me remarqua pas tout de suite, mais quand il leva les yeux, son sourire était tellement sincère que je fus certaine qu'il était en train de se souvenir de cette nuit-là, lui aussi. J'attendis, le souffle court, mais il changea d'expression en un quart de seconde.

– Salut, dis-je. Désolée. Je ne voulais pas te surprendre.

– Non, non, répondit-il en refermant vite son carnet. Enfin, c'était bizarre, ajouta-t-il avec un petit rire. Je t'ai prise pour Viv à l'instant. Ta façon de sourire m'a rappelé...

– Qui ? articulai-je.

– Oublie ça.

Il se détourna le temps d'allumer les ordinateurs de la salle.

– C'est ridicule. Enfin, tu ne lui ressembles pas du tout.

Je me forçai à rire à contrecœur. Un gros titre se déroula dans ma tête : LA PRINCESSE N'ÉTAIT EN RÉALITÉ QU'UNE GRENOUILLE.

– En effet, dis-je doucement.

Sous son regard interrogateur, je toussotai et lui tendis ma critique pour changer de sujet.

– Tiens. J'ai fini la critique de Flare.

– Plus tôt que prévu ? C'est un plus.

J'attendis pendant qu'il la lisait :

Marre d'avaler toujours les mêmes burgers ? Il est temps de raviver la flamme chez Flare ! Si vous n'avez pas encore mangé dans le dernier lieu tendance de Whitman, vous êtes en train de passer à côté des meilleurs burgers que la Nouvelle-Angleterre a à offrir. Avec son menu récemment allongé qui inclut des options véganes et sans gluten, Flare propose des burgers pour tous les goûts. N'oubliez surtout pas de goûter leur Independence Burger. Une bouchée et vous ne pourrez que chanter les louanges de ce burger aux couleurs du drapeau...

Je déglutis, tellement nerveuse d'entendre le verdict de Raj que je sursautai quand il éclata de rire.

– D'accord, dis-je avec un mélange d'espoir et d'impatience, j'ai besoin d'une traduction. C'est un rire « j'aime bien » ou un rire « tu es virée » ?

– J'aime bien, déclara-t-il en posant le papier sur la pile des articles approuvés. C'est très bien vu.

– Merci, dis-je avec un sentiment de fierté.

– Ça te va ? Je veux dire, ça te va que ce ne soit pas un de ces articles de fond décisifs que tu écrivais avant ?

Étonnamment, il n'y avait pas un gramme de sarcasme dans sa voix, seulement une sincère curiosité.

Et je fus encore plus étonnée de me voir acquiescer.

– Oui. Je persiste à dire que ce n'est pas le genre que je préfère. Mais... Ce sont mes mots, et je me suis bien amusée à les écrire.

Puis je décidai de prendre un risque en désignant son carnet.

– Quand je suis entrée tu avais l'air de bien t'amuser aussi. J'ai failli ne pas te reconnaître.

Il eut l'air sur la défensive, jusqu'à ce qu'il remarque mon sourire.

– Quoi ? N'ai-je pas toujours l'air de bien m'amuser ?

– Hum... pour ainsi dire jamais. Du moins quand tu es à la rédaction.

Au lieu de rire, il afficha une expression penaude.

– J'étais en train de dessiner. Je crois que j'étais à fond dedans, dans les mondes que je crée sur le papier.

– J'ai déjà vu ça sur ton visage avant. Tu étais dans un autre monde.

Il m'observa attentivement, comme s'il essayait de prendre une décision. Puis il dit :

– Je... je n'ai jamais dit ça à personne, mais en fait, je déteste l'édition. Je choisirais l'art plutôt que l'écriture si j'avais le choix.

Son visage s'assombrit de nouveau.

– Alors pourquoi tu ne le fais pas ? suggérai-je courageusement. Tu devrais t'inscrire au cours de M. Diaz. Il a l'air d'être un super prof. Et il adore déjà ce que tu fais.

– Hein ? Comment il peut connaître mon travail ?

Oh non !

– Oh, je voulais dire, je suis sûre qu'il adorerait ton travail. C'est un pressentiment que j'ai.

C'était moins une.

Raj sembla réfléchir, puis secoua la tête.

– De toute façon ça n'a pas d'importance. Il ne le verra jamais. Mon père flipperait.

Enfin nous allions quelque part.

– Parce qu'il croit que c'est une perte de temps, c'est ça ? Viv m'a raconté, ajoutai-je rapidement.

– Oui, et parce que si j'allais en cours d'arts plastiques, j'aurais moins de temps pour le journal. Je suis censé faire carrière dans le droit et il ne veut pas que je sois distrait par « des bêtises » selon lui.

– Tu pourrais essayer de lui en parler. Si c'est l'art qui te rend heureux, alors...

– Alors quoi ? Je parle à mon père et par un coup de baguette magique il change soudain d'avis ? Ça ne marche pas comme ça.

– D'accord.

Je ne voulais pas que le Raj grognon revienne alors que nous échangions pour la première fois seul à seul depuis le Délice Sucré.

– Désolée.

Son regard s'adoucit.

– Non, c'est moi qui suis désolé, dit-il avec un petit sourire. Je n'aurais pas dû parler de mon père. Ça m'énerve à chaque fois. Donc... n'en parlons plus ! Tu veux essayer ? proposa-t-il en levant son carnet.

– De faire quoi ? Dessiner ? demandai-je, incrédule.

– Oh, allez. Je te croyais plus courageuse que ça. Je me trompais alors ?

– Donne-moi ça, dis-je avec un regard noir.

Ravi, il me tendit un fusain.

– On va essayer quelque chose de facile.

Il attrapa un petit vase sur l'un des bureaux et le posa sur la table devant moi.

– Par quoi je commence ?

Je me sentais très peu sûre de moi à essayer quelque chose dont je ne savais rien.

– Ce que tu veux. C'est ça qui est bien. La liberté.

– C'est comme écrire. Quand je le fais pour moi, et pas pour un article.

J'observai le vase avec incertitude puis chassai Raj.

– Je ne peux pas travailler si tu me fixes. Va... couper l'article d'un pauvre journaliste à la hache, ou faire ce que tu veux.

– Très drôle.

Il s'assit au bout de la pièce en faisant semblant d'être très occupé.

Je pris une grande inspiration avant de faire glisser le fusain sur la page en essayant de créer les contours d'un vase. J'ajoutai une courbe, puis une autre, jusqu'à ce qu'il prenne forme. Puis je levai mon dessin.

– C'est complètement raté. On dirait un hippopotame malformé.

Raj vint se poster derrière moi.

– Non... on dirait un *vase* hippopotame malformé.

Je lui donnai un coup de carnet.

– Je vais te montrer, dit-il en posant sa main sur la mienne pour guider lentement le fusain.

Ma peau se réchauffa sous ses doigts. Son menton était juste au-dessus de mon épaule et je sentais son haleine mentholée sur ma nuque. Et puis nos mains ne bougèrent plus. Nos doigts étaient entrelacés, immobiles. Cela ne dura qu'une seconde, avant qu'il me lâche soudainement en toussotant.

– Tu vois, convint-il sans croiser mon regard. C'est mieux.

Ce n'était pas mieux. C'était... le paradis.

– Hum... il faut que j'aille en cours, murmurai-je en me relevant si vite que je manquai de renverser le vase.

– Oui, mais... attends ! Je voulais te parler de quelque chose, dit-il plus timide que jamais.

– Ah oui ? Quoi ?

Je me détestai d'avoir l'air si impatiente. Je ne voulais pas que cette conversation se termine, mais je ne voulais pas avoir l'air d'une idiote non plus.

Il devint soudain très rouge et s'approcha de moi. Mon cœur flancha. Et puis il lança :

– Viv.

– Viv ? répétai-je faiblement alors que mon cœur s'arrêtait de battre. Ah. Oui. Viv. D'accord.

– J'ai du mal à la déchiffrer. La première fois que je l'ai rencontrée au Délice Sucré, c'était tellement facile de... lui parler. Mais quand je suis avec elle maintenant, parfois je ne sais pas quoi lui dire. En ligne, on est super connectés. À fond. Sur l'art, la musique... tout. Mais quand on se voit... mes centres d'intérêt ont l'air de l'ennuyer.

– Et ses centres d'intérêt, à elle ?

J'essayai de rester calme. *C'est avec moi que tu es connecté en ligne !* pensai-je sans arrêt.

– C'est ce que je veux dire ! On a eu une super conversation à propos de musique, en ligne, mais quand j'ai parlé de Chopin hier, elle a dit qu'elle détestait la musique classique ! Comment elle peut changer d'avis là-dessus en moins de vingt-quatre heures ?

– Oh. Elle a peut-être simplement... oublié ?

– Oublié ses goûts musicaux ? J'en doute. C'est comme s'il y avait la fille au collège et celle à qui je parle sur Internet. Parfois, on dirait deux personnes différentes.

– Hmmm.

Je hochai la tête en essayant d'avoir l'air compréhensive tout en me maudissant intérieurement. Évidemment que Viv avait l'air de deux personnes différentes. Elle *était* deux personnes différentes !

– Tu sais... elle est assez timide.

Raj rigola.

– Non, ce n'est pas ça. Elle est tout sauf timide. J'ai déjà vu d'autres garçons la draguer dans les couloirs. Et parfois, j'ai l'impression qu'elle s'intéresse à eux autant qu'elle s'intéresse à moi.

– Mais non.

Pas encore, ajoutai-je mentalement.

– Non mais tu vois ce que je veux dire. Elle est belle et tellement sûre d'elle.

– C'est pour ça qu'elle te plaît ? demandai-je, abattue.

– Bien sûr que non. Mais elle fait saliver tout le monde sur son passage. Je serais un idiot de la laisser filer, non ?

Je le regardai un long moment avant de dire doucement :

– Qui essayes-tu de convaincre ?

– Personne ! Enfin, je n'ai pas besoin de me convaincre. J'ai déjà de la chance qu'elle s'intéresse à moi. Mais j'aimerais bien m'entendre aussi bien avec elle en personne qu'en ligne. Je sais que ça n'a aucun sens...

– Si, ça... ça en a, bégayai-je. Elle ressent la même chose.

Son visage s'éclaira.

– Ah bon ? Comment tu le sais ?

Je haussai les épaules.

– Oh... ce n'est qu'une impression.

Même s'il venait de s'épancher sur Viv, je crus que j'allais me noyer dans ses yeux. J'avais vraiment un problème.

– Je, euh, j'ai cours, parvins-je à articuler.

Il acquiesça de la tête et, peut-être que j'imaginais des choses, mais je crus lire de la déception dans ses yeux.

– On se voit demain au voyage scolaire ? demanda-t-il.

– Oui, à demain, dis-je en me précipitant vers la sortie.

Donc Raj avait conscience que nous étions connectés ! Mais il croyait que c'était avec Viv, pas avec moi. Sauf que c'était avec moi, pas avec elle. Mais il avait aussi dit que Viv était belle, ce qui était vrai. Et qu'elle s'intéressait à lui, ce qui ne l'était pas. Ou alors... Et si c'était vrai ? Maintenant, j'avais autant mal au crâne qu'au cœur.

Je flottai dans le couloir au milieu d'un brouillard. J'aurais tellement voulu qu'il me reconnaisse, que, par magie, il sente que c'était moi, la fille de cette nuit-là. Pas la version Viv de moi, mais moi, têtue, banale, réelle.

Quand j'arrivai à ma place en cours de littérature en essayant de retomber sur terre, je compris ce que j'avais à faire. Il était temps de lui dire toute la vérité.

10

Je faisais les cent pas devant le collège en soufflant d'impatience comme un train à vapeur.

– Mais où est-elle ? grommelai-je.

Nous étions censés monter à bord des cars pour notre sortie à Concord dans quelques minutes.

– C'est la quatrième fois que tu le demandes, dit Kyan. Elle va arriver.

Toujours aucun signe de Viv sur le parking. J'avais essayé de l'appeler hier soir, sans succès. Depuis qu'elle était devenue amie avec Raj, tout était si compliqué. C'était un problème épineux et j'avais l'impression que je devais lui parler de ma décision de vive voix. Et *avant* que Raj arrive.

Finalement, la voiture de sa mère se gara sur le parking avec Viv qui faisait la tête à l'intérieur. D'après ce que je voyais, elles étaient en train de se disputer. Puis, Viv descendit et se dirigea à grands pas vers nous.

– Qu'est-ce qui ne va pas ? demanda Kyan, soucieux.

– Tout ! J'ai demandé à ma mère si je pouvais faire une pause dans le mannequinat juste pour le printemps, et elle a complètement pété les plombs.

– Tu veux arrêter ? demandai-je. Pourquoi ?

– Parce que... ça ne me plaît pas tellement. Et j'en ai marre de rater les cours pour passer toute la journée dans des caravanes pendant qu'on me tartine de maquillage.

– Mais... je croyais que tu aimais recevoir des vêtements gratuits ?

– D'accord, ça c'est génial. Mais bon, ce ne sont que des vêtements, soupira-t-elle. J'en ai marre qu'on ne voie en moi qu'un beau visage. Je suis plus que ça et je veux le prouver.

Elle secoua la tête avec un sourire triste.

Kyan la prit dans ses bras sans prévenir, ce qui sembla le surprendre autant qu'elle car ils s'écartèrent en rougissant, gênés.

– Il t'a fallu un sacré courage pour en parler à ta mère, dit-il, les yeux rivés au sol. Tu peux être fière de toi.

– Merci, répondit Viv, reconnaissante.

Je passai un bras autour du sien quand nos professeurs nous firent signe de monter dans les cars.

– Viens. On va te remonter le moral en route.

Viv grogna.

– J'étais tellement occupée à me disputer avec maman que j'ai complètement oublié cette sortie scolaire, dit-elle en posant les yeux sur ses ballerines noires. Raj a dit qu'il voulait qu'on monte tous les deux jusqu'au cimetière de Sleepy Hollow.

– Ah bon ?

Oh non. Et s'il était trop tard pour révéler la vérité à Raj maintenant ?

– Je crois qu'il y a plus d'un kilomètre et demi de marche, dit Viv. Je ne pourrai jamais marcher avec ces chaussures, ajouta-t-elle avec un regard envieux vers mes grosses boots marron.

Kyan me donna un coup de coude avec un regard appuyé qui voulait dire « c'est maintenant ou jamais ».

Je déglutis. C'était le moment.

– En fait, Viv, je voulais te parler de Raj. Je crois... Je crois que je veux lui dire la vérité.

Viv s'immobilisa, les yeux écarquillés de surprise.

– Ah bon ? demanda-t-elle doucement. Ah bon !

Elle eut un sourire qui me parut forcé.

– C'est génial, Lise ! C'est tellement mieux que de cacher la vérité.

– Tu trouves ? Tu n'es pas fâchée ? Parce que si... si tu aimes bien Raj. Enfin, plus qu'en ami, je veux dire. Si tu ne veux pas que je...

– Mais bien sûr que si ! Pourquoi pas ? En plus, Ben Jackson va m'inviter au bal de l'hiver d'une minute à l'autre, et je n'ai pas arrêté de me creuser la tête pour trouver une façon de laisser partir Raj en douceur.

– Ah bon ? demanda Kyan en plissant les yeux d'un air soupçonneux.

– C'est parfait ! continua Viv joyeusement alors que nous montions dans le car. Et puis, je n'aime pas tellement la randonnée en plus, donc tu vas pouvoir y aller avec lui et tout lui dire. Et moi...

Elle regarda autour d'elle, l'air perdu.

– Toi tu te baladeras avec moi, intervint Kyan, tout fier.

– Ma mère m'a mise de mauvaise humeur, l'avertit-elle. Je ne serai pas de bonne compagnie.

– Tu es toujours de bonne compagnie, répondit simplement Kyan.

– Alors c'est d'accord.

Soudain, elle leva la main.

– Raj ! Par ici !

Raj se dirigeait vers nous. Mon cœur s'emballa à l'idée de ce que je m'apprêtais à faire. Mais mon courage me déserta aussi vite, parce qu'il ne m'adressa que deux mots en montant. Il n'avait d'yeux que pour Viv.

– J'ai promis de m'asseoir à côté de lui dans le bus, me murmura-t-elle. Mais dès qu'on arrive à Concord, il est à toi.

Mais à peine installés côte à côte, ils se mirent à chuchoter de manière intime et je ne pus m'empêcher de me demander : *vraiment ?*

– Tu es sûre de ne pas vouloir venir ? demanda Raj à Viv.

Nous nous tenions devant la vieille maison blottie dans les bois. Nous venions de terminer la visite d'Orchard House, la maison de l'écrivaine Louisa May Alcott et de sa famille, et à présent, les quatrièmes se séparaient en petits groupes. Un groupe voulait passer plus de temps dans le musée, l'autre se dirigeait vers le centre-ville de Concord et le troisième s'apprêtait à gravir la colline d'Author's Ridge jusqu'au cimetière de Sleepy Hollow où reposaient des écrivains connus.

– Mes pieds ne survivront jamais dans ces chaussures, dit Viv avec beaucoup moins d'entrain que précédemment.

– Mais il y a les tombes de tous les grands auteurs, insista Raj. Louisa May Alcott, Ralph Waldo

Emerson, Henry David Thoreau. Il y a des gens qui viennent en pèlerinage à Concord juste pour les voir !

– Je confonds toujours Ralph et Henry, fit Viv avec une grimace. C'est lequel qui a écrit *la Lettre écarlate*, déjà ?

– C'est Nathaniel Hawthorne, dis-je en lui souriant.

Elle en faisait peut-être un peu trop, mais j'appréciais ses efforts pour mettre Raj en condition afin de me laisser mettre mon plan à exécution.

– Tu vois ? continua Viv. Je suis un cas désespéré. Incapable de m'en souvenir. Et tu sais ce que je pense des tombes d'auteurs morts, fit-elle avec un frisson.

Raj eut l'air plus que déçu.

– Mais Lise a vraiment envie d'y aller, poursuivit Viv. Vous aimez écrire tous les deux. Je suis sûre que vous allez avoir un tas de choses à vous dire en chemin.

– D'accord, se résigna-t-il.

Mais il me regarda comme si on venait de lui tendre le prix de consolation.

Mes espoirs volèrent en éclats. Ce n'était peut-être pas une bonne idée, après tout. Kyan semblait être le seul ravi de la situation parce qu'il allait pouvoir passer une heure ou deux en compagnie de Viv.

– Amusez-vous bien ! s'écria joyeusement Viv.

Mais elle eut l'air inquiète alors que nous tournions à l'angle, et une culpabilité inattendue s'empara de moi. Mais je me repris. Viv savait depuis le début que cela allait arriver, tôt ou tard. Alors pourquoi devrais-je me sentir coupable ?

Raj et moi marchâmes en silence quelques minutes, puis il dit :

– C'est très beau ici.

– Oui, répondis-je en levant la tête vers les arbres.

Le soleil qui filtrait entre leurs branches nues enlacées dessinait une tapisserie naturelle au sol.

– Pas étonnant qu'autant d'écrivains aient vécu par ici. Comment ne pas être inspiré par tout ça ?

– C'est quasiment ce que disait Emerson dans son discours d'inauguration du cimetière, renchérit Raj avec un sourire. Je sais que ça doit paraître bizarre, mais je peux presque sentir leur présence. Tu sais, leurs mots et leurs idées.

– Ce n'est pas bizarre, dis-je doucement. Je le sens,

moi aussi. J'y pense quand j'écris, quand je veux communiquer une idée importante pour moi.

Je ramassai une pomme de pin que je fis rouler entre mes mains.

– C'est pour ça que je n'étais pas très motivée par la critique gastronomique, repris-je. Je ne faisais pas l'insolente. Je veux écrire sur des choses qui me tiennent à cœur.

– C'est pareil pour moi avec l'art, dit-il, les yeux illuminés d'enthousiasme. Quand je commence un nouveau dessin, j'essaye de voir le monde d'une manière nouvelle. Pour que ce que je dessine... pour que ça dise quelque chose, tu vois.

– Comment tu fais ? demandai-je. Pour voir le monde autrement ?

– Le monde change à chaque seconde. Mais la plupart des gens sont trop englués dans leur quotidien pour le remarquer. Viens, je vais te montrer.

Il me fit signe de le suivre à l'écart du sentier. Derrière la rangée d'arbres, nous nous retrouvâmes sur un rebord rocheux qui donnait un point de vue sur un magnifique panorama du ciel et de la ville qui s'étendait sous nos yeux.

– Dis-moi ce que tu vois, dit Raj. Pas les objets, les couleurs, les formes, les textures.

J'observai tout : les minuscules maisons, les bosquets dégarnis, le ciel d'hiver lumineux, en imaginant que je les voyais pour la première fois de ma vie.

– Ces arbres, là-bas, dis-je en pointant le doigt. La lumière qui les éclaire a l'air... cuivrée. Et les nuages, là, on dirait des plumes à bouts rose glacé, gloussai-je. Il y a un léger brouillard bleuté au-dessus de la vallée de ce côté. Et... un renard est en train de boire au ruisseau !

Raj sourit de toutes ses dents.

– Waouh, super, Lise. Je n'avais même pas vu le renard.

Nous continuâmes à observer le paysage pendant encore quelques secondes de silence, puis il se tourna vers moi.

– Tu pourrais peut-être appliquer ça dans ta critique gastronomique. Tu sais, essayer de donner à tes lecteurs un nouveau regard sur des endroits où ils ont déjà mangé des douzaines de fois. Leur faire voir les choses sous un autre angle. C'est bien plus difficile que seulement parler de ce que tu as mangé.

– Je n'y avais jamais pensé de cette façon. Mais... ça me paraît une bonne idée.

– Et puis tu sais, tu ne resteras pas à la rubrique gastronomique pour toujours. Il fallait que je t'y colle parce que j'avais besoin de quelqu'un. Mais... tu écris vraiment très bien.

Je rougis et le remerciai du compliment.

– Si quelque chose se libère dans les reportages ou les tribunes libres tu seras vers le haut de ma liste de candidats, ajouta-t-il.

– « Vers le haut » seulement ?

– Ne sois pas si prétentieuse, dit-il avec un petit coup de coude.

– Jamais de la vie. Tu as simplement peur de la compétition, c'est tout. Peut-être qu'un jour je concourrai pour *ton* poste, monsieur le Rédacteur en chef.

– Crois-moi si je te dis que j'adorerais que tu m'évinces, intervint-il en riant. Mais qui l'expliquerait à mon père ?

– Ne me regarde pas comme ça. J'ai eu assez de problèmes avec mon père ce mois-ci pour me durer toute une vie.

– Ah oui ?

J'acquiesçai d'un signe de la tête.

– Parfois j'ai l'impression que les parents font de tellement gros efforts pour rendre leurs enfants heureux qu'ils n'arrivent pas du tout à le croire quand ils n'y arrivent pas. Mais j'ai été honnête avec mon père et la situation est en train de s'améliorer. Tu pourrais essayer cette solution avec le tien.

– Tu ne lâches jamais le morceau.

– Et toi tu es têtu comme une mule, rétorquai-je.

Il rigola en secouant la tête.

– On fait un beau couple. Enfin, je voulais dire...

– Ne t'inquiète pas, lâchai-je avec un gloussement en rougissant comme une folle. Je sais ce que tu voulais dire.

Mais était-ce vraiment le cas ? Avait-il fait un lapsus ou était-ce autre chose ?

– On devrait, euh, rattraper les autres, balbutiai-je en évitant son regard.

Je pivotai sur mes talons pour retourner vers le sentier mais perdis l'équilibre et trébuchai sur une pierre.

Raj me rattrapa par le bras et je me sentis fondre à son contact.

– Tout va bien ? demanda-t-il doucement.

Incapable d'articuler le moindre mot, je me contentai de hocher la tête en essayant de retrouver mon souffle. Il resta près de moi alors que nous traversions la rangée d'arbres dans l'autre sens et je me pris à espérer que c'était parce qu'il en avait envie, et non uniquement parce que j'étais une grosse empotée. Au bout de quelques minutes, le sentier se mit à serpenter entre des pierres tombales couvertes de mousse.

– On y est, dis-je tout bas en m'arrêtant devant la petite tombe de Louisa May Alcott.

Nous étions seuls.

– Le groupe doit être devant, hasarda Raj. Tu veux... qu'on les rattrape ? demanda-t-il, peu convaincu.

– Pas tout de suite. C'est parfait comme ça.

– Oui, je suis d'accord, dit-il en sortant son carnet à dessins de son sac. J'aimerais bien faire quelques croquis, si ça ne te dérange pas.

Pas de problème.

Je le laissai à son carnet pour aller explorer les alentours. La colline d'Author's Ridge était un endroit calme et ombragé avec une charmante vue sur le cimetière parsemé de tombes d'auteurs morts à travers les âges. Je dégotai un rocher parfait à quelques mètres, illuminé d'une lumière dorée, et m'y assis pour observer le paysage. J'étais en train de penser à une idée d'article quand je sentis une main sur mon épaule. J'ouvris les yeux sur Raj et ses boucles noires éclairées par le soleil.

– Il est sûrement l'heure de rentrer.

– Oh, dis-je tristement.

Je n'avais pas envie que cet après-midi prenne fin, mais Raj rangeait déjà son carnet.

– Je peux voir ce que tu as dessiné ? demandai-je.

Il rougit.

– Ce... Ce n'est pas encore fini. Une autre fois, peut-être.

Il referma sa sacoche et me tendit la main pour m'aider à me lever.

– Prête ?

Je glissai ma main dans la sienne et une décharge électrique me parcourut les doigts. J'aurais pu rester comme ça pour toujours, mais il me lâcha et je dus prendre une grande inspiration pour calmer mon cœur. C'était maintenant ou jamais.

– Pas tout à fait, lançai-je. Je, euh, en fait je voulais te parler de quelque chose d'important.

– Tiens c'est drôle, dit-il, j'allais dire exactement la même chose.

– Ah oui ?

J'étais au bord de la crise de nerfs. Que s'apprêtait-il à me dire ? Qu'il avait découvert qui j'étais ? Je m'accrochai à cet espoir en le dévisageant.

– Toi d'abord.

– D'accord, acceptai-je alors que mon cœur battait si fort que j'entendais à peine ma propre voix. Ce que je veux dire c'est que je ne suis pas celle que tu crois. Enfin si... mais non.

Il eut l'air totalement perdu. Je secouai la tête. Est-ce que je parlais chinois ? Pourquoi n'arrivais-je pas à cracher le morceau.

– Ce que je veux dire, c'est que je suis... je suis...

– Je suis désolé qu'on soit parti du mauvais pied, coupa Raj.

Les mots « Je suis la Princesse Grenouille » s'évaporèrent dans les airs.

– Euh. Quoi ?

– Moi aussi je suis désolé, dit-il amicalement. Et je suis vraiment content qu'on soit en train de devenir amis, parce que j'ai l'impression que je peux tout te confier.

– Sur quoi ? articulai-je.

Ça ne s'annonçait pas bien du tout.

Raj poussa un soupir et annonça :

– Je compte inviter Viv au bal de l'hiver !

Quand ces mots retentirent, j'aurais juré que le monde s'écroulait autour de moi. Et puis je clignai des yeux, et j'étais toujours là, au milieu d'un cimetière, un jour doux et ensoleillé de février. J'étais vivante. Le monde n'avait pas changé. La seule chose endommagée était mon cœur.

– Hou là, parvins-je à bégayer. Mais... je croyais que vous n'arriviez pas vraiment à vous entendre ? Face à face, je veux dire.

Raj haussa les épaules.

– J'imagine qu'on finira par y arriver... au bout d'un moment. On discute si bien en ligne, forcément dans la vraie vie ça va marcher, tôt ou tard. Il y a sûrement déjà une douzaine de garçons qui comptent l'inviter. Je ne veux pas risquer de laisser passer ma chance.

– C'est ça. C'est... super, dis-je, apathique.

Le soulagement se lut sur son visage.

– Tu crois qu'elle va accepter, alors ?

– Je... je ne sais pas.

À peine quelques heures auparavant, Viv m'avait dit que je pouvais tenter ma chance avec Raj. Mais, à présent, je me souvenais de son expression crispée. Et ce sourire beaucoup plus large que d'habitude. Comment avais-je fait pour ne pas le comprendre plus tôt ? C'était son sourire de couverture, celui qu'elle utilisait quand elle posait. Et si Viv avait fait semblant, alors cela voulait dire que...

– Je crois qu'elle t'aime bien, ajoutai-je alors que des aiguilles me transperçaient le cœur.

– C'est vrai ? Génial, répondit-il, tout sourire. Au début, j'ai cru qu'elle me menait en bateau. Mais elle n'est pas de ce genre. En ligne, elle est intelligente et drôle. Elle est aussi belle à l'intérieur qu'à l'extérieur.

Belle. Toujours ce mot. Celui qui n'avait rien à voir avec moi et tout à voir avec Viv.

– C'est elle que je veux emmener au bal, conclut-il.

Sauf que tu ne sais pas qui elle est ! avais-je envie de hurler. Au prix d'un gros effort, je le regardai dans les yeux.

– Donc... tu devrais faire ce que te dicte ton cœur.

Il eut un grand sourire.

– Merci. C'est ce que je vais faire.

J'étais tellement silencieuse sur le chemin du retour vers Orchard House que Raj me demanda deux fois si j'allais bien. Je répondis que oui, mais d'après ses regards inquiets, il ne me crut pas. Je finis par raconter que j'avais mal à la tête et dépassai tout le groupe en laissant Raj bavarder avec ses copains. Je n'avais qu'une envie : arriver au bus sans pleurer et oublier tout ce qui s'était passé.

Malheureusement, je devais d'abord parler à Viv et plus tôt je le ferais, mieux ce serait. Je la trouvai avec Kyan sur un banc devant Orchard House, à partager ses écouteurs d'iPod. Viv avait l'air bien plus heureuse qu'après sa dispute avec sa mère ce matin. Ils s'entendaient si bien tous les deux qu'on aurait pu les prendre pour un couple. Mais à l'instant où elle m'aperçut, Viv se leva d'un bond.

– Alors, ça s'est passé comment ? demanda Kyan. Mission accomplie ?

– Mission annulée.

Avant qu'ils se mettent à poser des tas de questions auxquelles je n'avais pas la moindre envie de répondre, je lâchai :

– Il veut inviter Viv au bal.

– Quoi ? haleta-t-elle, le visage cramoisi. Mais, mais... comment tu sais ?

– Il me l'a dit, répondis-je en haussant les épaules nonchalamment. Il t'aime beaucoup.

– Moi ?

Un sourire rêveur passa une seconde sur son visage, vite remplacé par un regard inquiet.

– Oh, Lise. Je ne sais pas ce qui s'est passé. Je te jure que je n'ai pas essayé de lui plaire...

– Je sais. De toute façon ça n'a pas d'importance. Ça va.

– Mais non ! s'exclama Kyan qui avait l'air aussi déçu que moi.

Il se tourna vers Viv.

– Tu... tu ne vas pas aller au bal avec lui, hein ?

Viv se mordit la lèvre, de plus en plus mal à l'aise.

– Je crois que ça dépend de tes sentiments pour lui, lui dis-je. Il te plaît, oui ou non ?

Je retins ma respiration en attendant la réponse. Le trouble puis la culpabilité passèrent sur son visage.

– Je... Je ne sais pas ! Enfin, c'est totalement injuste pour toi, Lise, mais parfois... je crois que oui, couina-t-elle, la tête dans les mains.

Le monde se remit à tournoyer autour de moi, mais, cette fois, le vertige ne s'arrêta pas.

– Oh non ! s'écria-t-elle. Je suis la pire amie du monde ! Je suis désolée. C'est juste que... aucun garçon ne m'a jamais traitée comme il le fait.

– Hé ! protesta Kyan.

– Je veux dire aucun garçon à part toi, dit-elle avec un petit sourire contrit.

Elle ne voulait pas lui faire de mal, mais la lumière dans les yeux de Kyan s'éteignit. Le pauvre. J'avais mal pour lui.

– Ce n'est pas grave s'il n'y a pas d'étincelle, poursuivit Viv plus pour elle que pour nous. L'alchimie que j'avais avec tous ces autres garçons s'est toujours mal terminée, de toute façon. Avec Raj, il y a autre chose. Il est intelligent et intéressant...

– Je sais, dis-je doucement.

C'était exactement ce que je ressentais pour lui.

– Lise, je te promets que je n'irai pas au bal avec lui si tu ne veux pas. Mais... dis-moi seulement quoi faire.

Elle était sincère. Elle aurait fait tout ce que je lui demandais. Mais le problème était que je ne pouvais pas changer les choses. Viv méritait sa chance avec un gentil garçon. Ça aurait dû être Kyan, mais elle avait jeté son dévolu sur Raj. Et Raj sur la beauté de Viv. Alors à quoi cela pouvait-il servir de me demander ce que je voulais ?

Ignorant la douleur qui me serrait la poitrine, je dis :

– Si tu veux aller au bal avec Raj, alors tu devrais accepter.

– Mais... et toi ? demanda-t-elle. Il te plaît aussi ! Tu l'as dit ce matin.

– Non je n'ai pas dit ça, rétorquai-je avec précaution. J'ai dit que je voulais lui dire la vérité.

Ha ! C'était risible, surtout alors que j'étais en train de mentir en ce moment même. Je pris une grande inspiration.

– Je ne savais pas trop quoi ressentir pour lui moi non plus. Mais maintenant je sais. Pourquoi aurais-je envie d'être avec quelqu'un qui n'a pas envie d'être avec moi ?

Je me détournai sans savoir combien de temps j'allais encore tenir sans me trahir.

– Tu sais, cette longue marche m'a épuisée. Je vais monter dans le bus.

– Moi aussi, dit rapidement Kyan.

– Oh, d'accord, dit Viv, déçue. Je vais aller chercher Raj, alors. On se retrouve dans le car ?

– Oui, à plus, dis-je avec le sourire le plus rassurant possible.

Je pressai le pas vers les bus avec Kyan en essayant de ne pas penser au moment où je devrais écouter Viv me raconter son flirt avec Raj sur le chemin du retour.

– Ça va ? demandai-je à Kyan.

– Non. Et toi ?

– Ça ne risque pas. Tu as des livres audio à écouter sur ton iPod ?

– J'ai téléchargé *Roméo et Juliette* pour le cours de lettres.

– L'histoire d'un coup de foudre voué à la tragédie, dis-je en secouant la tête tristement. Parfait.

11

À la seconde où j'aperçus Viv devant mon casier lundi matin, un frisson glacé me parcourut. Elle affichait un sourire hésitant, mais ses yeux se baladaient sans jamais croiser les miens. Je sus ce qui se passait avant même qu'elle ouvre la bouche.

– Donc il t'a invitée, dis-je, plus pour en finir que pour lui faciliter la tâche.

Je n'avais aucun droit d'être énervée contre elle alors que je lui avais expressément donné le feu vert, mais ça ne voulait pas dire que j'avais envie qu'on me le rappelle.

Elle acquiesça de la tête.

– Il m'a appelée hier soir.

Ses joues prirent une teinte rose vif. Elle était radieuse, pas de doute.

– Et j'ai dit oui.

Je parvins à sourire alors que mon cœur se brisait en mille morceaux.

– C'est super, dis-je en me concentrant sur les livres dans mon casier. Je suis contente pour toi.

– C'est vrai ? Parce que j'avais peur de te le dire. J'ai à peine dormi cette nuit. Je ne veux pas que ce soit bizarre entre nous. Tu es sûre que ça va ? demanda-t-elle avec nervosité.

Je la regardai avec la vérité sur le bout de la langue. Mais, à la voir rayonnante de bonheur, je ne pus me résoudre à la lui dire.

– Oui, oui, lançai-je en espérant que Kyan apparaisse pour me sortir de là.

Il m'avait demandé de le rejoindre tôt pour réviser la bio.

– Tout va bien.

Viv parut soulagée et elle serra ma main, tout excitée.

– Je suis trop contente ! couina-t-elle. Je voulais porter une robe d'une de mes séances photos, mais finalement j'ai décidé que j'allais en choisir une moi-même. Tu viens faire du shopping avec moi ? Ça va être trop bien !

Ça tournait à la torture.

– Oui, bien sûr, dis-je.

– C'était bizarre quand il me l'a demandé. Je n'ai même pas eu de papillons dans le ventre. Mais j'imagine que les garçons gentils c'est un peu comme des frères, non ?

– Euh... des frères ?

Je ne comprenais pas. Kyan était comme un frère pour moi. Mais Raj ? Sûrement pas.

– Enfin bon, pas besoin de frissons, gloussa-t-elle. Tu sais, j'ai déjà eu des tonnes de coups de cœur avant, mais là c'est différent. Celui-là, c'est pour de bon. Je le sens.

– Ça a intérêt, lâchai-je sans réfléchir.

– Qu'est-ce que tu veux dire ?

Zut. J'allais devoir le dire. Je fermai mon casier et enfilai la bretelle de mon sac.

– Je veux dire... que je t'ai entendue dire ça à propos de pas mal de garçons avant.

Tant de fois, alors que je n'étais à Whitman que depuis très peu de temps.

– Simplement... ne jette pas Raj dans une semaine comme tu le fais d'habitude, d'accord ?

Parce que je ne veux pas qu'en plus de tout le reste, il soit blessé, pensai-je.

Viv fronça les sourcils.

– Je ne fais pas ça *d'habitude*, se défendit-elle. Et puis, ces autres types étaient des nuls. Je ne ferais jamais ça à Raj.

– Tant mieux.

Soudain, j'aperçus Kyan qui me faisait signe au bout du couloir.

– Je dois y aller. J'ai rendez-vous avec Kyan.

– Rendez-vous ? Attends, Kyan et toi vous...

– Un rendez-vous pour bosser. Tu sais que j'adore Kyan, mais pas comme ça.

– Oh... d'accord.

Est-ce que j'imaginais, ou est-ce qu'elle eut l'air légèrement soulagée ? Elle rigola.

– Je n'ai jamais pensé ça. Ce serait triste.

– Pourquoi ? Kyan est intelligent et drôle. *Et* mignon.

– Je sais, Lise. Je ne voulais pas dire triste dans le sens de pathétique. Je voulais dire triste, parce que s'il avait une copine je ne pourrais plus traîner aussi souvent avec lui.

Je haussai les épaules en serrant les dents alors que montait l'agacement.

– Eh bien, commençai-je le plus nonchalamment possible. On ne peut pas *tout* avoir.

Viv me fit un signe de la main, l'air un peu perdu, alors que je m'éloignais. Ce n'était peut-être pas très sympa de ma part, mais je n'avais pas pu m'en empêcher. Croyait-elle que tous les garçons de ce collège devaient être à sa disposition ?

Ma frustration devait se lire sur mon visage car, dès que j'arrivai à sa hauteur, Kyan demanda :

– Alors c'est officiel, c'est ça ?

– Oui, ils y vont ensemble.

– Je le savais, soupira-t-il. Je l'ai vue passer de petit copain en petit copain, mais jusqu'à maintenant ça ne m'avait pas inquiété plus que ça. Je crois que c'est parce que j'ai peur que ça fonctionne avec celui-ci.

– Moi aussi. Mais... il faut tourner la page. Non ?

– Comment suis-je censé tourner la page d'un coup de foudre que j'ai depuis la maternelle ? demanda-t-il en s'effondrant sur l'une des paillasses du laboratoire.

Je réfléchis un instant.

– En rencontrant quelqu'un d'autre ? Peut-être au bal de l'hiver ?

– Oui, c'est ça. Personne n'y va sans cavalière.

– Et si on y allait ensemble ?

– Tu veux dire en amis ?

Je haussai les épaules.

– Oui. Pourquoi pas ? Ça m'aidera à ne pas penser à Raj ni toi à Viv ? Et si ça n'aide pas, au moins on pourra s'apitoyer sur notre sort ensemble.

Kyan rigola.

– Merci, Lise. Si tu étais un insecte tu serais un *Dryococelus australis*.

– Hum... c'est bon signe, j'espère ?

Il eut un grand sourire.

– Ça veut dire que tu es une espèce rare et la plus cool de la terre.

– Ah. C'est le plus étrange mais le meilleur compliment qu'on m'ait fait. Merci.

Je n'étais pas sûre d'avoir réussi à faire reprendre espoir à Kyan, malgré mes efforts. Quant à moi, j'étais sans aucun espoir. Plus fourmi écrasée que *Dryococelus*, j'en avais bien peur.

Quand je rentrai à la maison cet après-midi-là, j'étais au bord des larmes ; je trouvai un mot de Gail qui indiquait qu'elle était chez le médecin.

Je m'emparai d'une poignée de bonbons dans sa cachette puis montai noyer mon chagrin dans le chocolat. Je faillis rentrer dans Destry en ouvrant la porte à la volée.

– Aïe ! hurla-t-elle en agrippant son orteil.

– Désolée ! Je ne savais pas que tu étais derrière la porte.

Je me préparai à sa diatribe, mais elle se contenta d'agiter la main distraitement.

– Pas grave. J'essayais de me décider sur cette tenue, dit-elle en montrant le miroir derrière la porte. Mais c'est trop moche, comme tout ce que j'ai essayé jusque-là. Arg, je n'ai rien à me mettre, s'écria-t-elle en se jetant sur son lit.

– Une véritable catastrophe, marmonnai-je à moitié pour plaisanter.

– Non. Pas vraiment.

Puis elle plissa les yeux et se redressa.

– Mais toi... oui ! Qu'est-ce qui ne va pas ? Tu as le visage tout rouge et gonflé.

Je me mordis la lèvre pour l'empêcher de trembler.

– J'ai passé une mauvaise journée.

– C'est à cause de ma mère ? Ou de ton père ?

– C'est à cause d'un garçon.

Je n'en revenais pas de lui avouer ça. Mais depuis notre quête des œufs au vinaigre, je commençais à avoir l'impression curieuse que Destry et moi nous liions petit à petit.

– J'aurais dû m'en douter. Les catastrophes, c'est toujours à cause des garçons, grogna-t-elle. J'ai perdu deux heures de ma vie à chercher une tenue pour l'anniversaire de Jake, et la fête n'est que vendredi.

– Tu es au courant qu'on n'est que lundi, n'est-ce pas ? On est mal, ajoutai-je quand elle acquiesça.

– Ne m'en parle pas. Mais... parle-moi du garçon.

J'hésitai un instant, mais elle avait l'air sincère, compatissante, même. Et puis, elle avait un an de plus que moi. En matière d'expérience avec les garçons, c'était un bond en avant. Alors je fis ce que je n'aurais jamais cru possible quelques semaines plus tôt. Je racontai tout ce que j'avais sur le cœur à ma demi-sœur pas si démoniaque que ça.

– Waouh, dit Destry quand j'eus terminé toute la saga. Donne-moi un chocolat. Même moi j'en ai besoin après avoir entendu ça.

– Qu'est-ce que tu en penses ?

– Bon, à part que Viv a totalement marché sur tes plates-bandes...

– Pas intentionnellement, ajoutai-je pour défendre Viv (même si c'était agréable de s'entendre donner raison, je devais bien l'admettre).

– Oui, peu importe, reprit Destry comme si ce n'était pas discutable. Il *faut* que tu dises toute la vérité à Raj. Comment veux-tu qu'il sache ce qu'il fait alors qu'il ne sait même pas qui lui plaît réellement ?

– C'est Viv qui lui plaît, dis-je en engloutissant un autre chocolat. C'est trop tard maintenant, surtout que tout ça est ma faute au départ. Et puis je ne pourrais pas faire ça à Viv.

– Mais tu oublies un détail important, protesta Destry. Raj est en train de tomber amoureux de la mauvaise fille. Il croit que Viv est *toi*.

Aussi agaçant que pût être son ton condescendant de grande sœur, elle n'avait pas tort.

– Mais ça n'a pas d'importance ce qu'il croit. Il voit en Viv quelqu'un de populaire et magnifique... et parfaite. Tout ce que je ne suis pas. Et c'est cette fille-là qui lui plaît. Il me l'a dit lui-même.

– Je n'y crois pas deux secondes, dit Destry. Tu sous-estimes ce pauvre Raj. Il n'a pas l'air si superficiel que ça. Et puis, tu es bien plus jolie que tu sembles le penser.

– Merci, répliquai-je en sachant que Destry n'était pas du genre à distribuer ses compliments à la légère. Et merci pour le conseil. Je vais y réfléchir.

– C'est un plaisir. Mais tu as intérêt à réfléchir vite. Le bal est samedi. Bon, maintenant à toi de me donner des conseils, poursuivit-elle en se levant avec un soupir devant la montagne de vêtements qui envahissait son lit. Aide-moi à trouver quoi porter afin que je puisse avoir de la place pour dormir ce soir.

– Tu me demandes des conseils *mode* ?

– Hé, ce n'est pas ce que sont censées faire les sœurs ? Cela dit... j'ai un droit de veto.

– Il vaut mieux, gloussai-je.

Quand Gail et papa revinrent de chez le médecin, nous avions résolu le problème de Destry, mais j'étais encore loin d'avoir résolu le mien. Les dilemmes de garde-robe s'étaient avérés plus faciles à régler que ceux des garçons.

Je passai le dîner comme un zombie mais seule Destry, qui me jetait des coups d'œil compatissants par-dessus ses brocolis, se rendit compte que quelque chose n'allait pas. Même si penser à Raj me faisait mal, c'était aussi assez sympa, bizarrement, de partager un secret avec Destry.

– Qu'est-ce que vous avez toutes les deux ? demanda papa à un moment.

Nous haussâmes les épaules en nous lançant des regards entendus avant de plonger la tête dans nos assiettes. Papa finit par laisser tomber et débarrassa la table pendant que Destry et moi nous calions dans le canapé avec un saladier de popcorn. Après toutes les révisions que nous avions faites ensemble, elle avait eu un B en maths la semaine précédente, par conséquent, papa et Gail avaient levé l'interdiction de télé les soirs d'école pour cette fois.

C'était une soirée ordinaire, en jogging et queue-de-cheval, exactement comme j'en aurais passé avec Simone à Boston. Mais c'était agréable d'avoir Destry à mes côtés qui mastiquait son popcorn, gloussait et me faisait la conversation. C'était... normal, comme ma vie d'avant avec maman.

Cependant, quand j'allai me coucher ce soir-là, j'étais de nouveau inquiète. Mon cerveau avait répertorié toutes les raisons logiques de laisser filer Raj, mais mon cœur n'était pas d'humeur à l'écouter. Quand je finis par m'endormir, mes rêves étaient peuplés de visions de Raj qui me souriait à la lueur des bougies au Délice Sucré en levant un macaron à mes lèvres.

12

Une main apparut devant mon visage.

– La Terre appelle Lise ? Allô Lise.

Je clignai des yeux et découvris Viv dans la cabine d'essayage devant moi, portant encore une robe incroyablement parfaite.

– Désolée. Je pensais à la critique sur laquelle je travaille en ce moment.

– C'est ça. Tout comme tu pensais à ton devoir de littérature il y a cinq minutes, et à ton contrôle de maths cinq minutes encore avant. Qu'est-ce que tu as, aujourd'hui ? Tu dois m'aider à choisir ma robe, et au lieu de ça tu es en orbite autour de la Lune.

Je m'efforçai de rire alors que c'était bien la dernière chose que j'avais envie de faire. J'étais dans ce centre commercial depuis des heures à regarder Viv essayer robe sur robe et je commençais à m'impatienter. J'avais accepté de l'accompagner pour lui montrer que j'étais une véritable amie, mature, malgré mes sentiments pour Raj. En revanche, je n'avais pas prévu qu'elle allait s'épancher sur Raj toute la semaine et, pire, qu'elle ne savait en réalité rien de ce qu'il était au fond. Elle m'avait avoué qu'elle commençait à en avoir marre de « tous ses trucs sur l'art », mais, la seconde suivante, elle m'avait raconté comme c'était merveilleux qu'il lui tienne la porte quand ils entraient dans une pièce.

– Je suis sûre qu'on a des points communs, disait-elle. Il faut juste que je les trouve, c'est tout.

Je ne supportais plus cette situation et on n'était que mercredi. Comment allais-je encore survivre trois jours jusqu'au bal ?

– Tu es superbe dans tout ce que tu as essayé, dis-je, ce qui était la vérité.

Elle aurait pu porter un sac à patates, ça n'aurait fait aucune différence.

– Tu devrais peut-être... en choisir une, maintenant ?

– Impossible !

Viv observa la robe qu'elle portait dans le miroir avant de passer en revue toutes les autres. Je veux que Raj la trouve parfaite. Comment je suis censée savoir celle qu'il va préférer ?

Arg. C'était une version Viv de toutes les conversations que j'avais eues avec Raj au journal ces derniers temps. Chaque jour, il arrivait avec un nouveau lot de questions. Devait-il offrir des fleurs à Viv avant le bal ? Quelle était sa fleur préférée ? Où devait-il l'emmener manger avant ? Chaque question endommageait un petit peu plus mon armure, et chaque fois je me sentais un petit peu moins capable de faire comme si tout allait bien.

J'observai les robes accrochées au portant en songeant aux peintures de Raj. Elles étaient si vibrantes de couleurs. J'étais sûre qu'il aimerait la robe rose bonbon que Viv avait essayée quelques minutes plus tôt. Mais je ne pus me résoudre à le lui dire.

– Tu connais Raj mieux que moi, lui dis-je à la place. Quelles couleurs il préfère ?

C'était horrible de ma part de faire ça juste pour essayer de me sentir mieux. Mais même si je m'en voulais, je me sentais honteusement satisfaite de voir Viv incapable de répondre à la question.

– Hum... Je ne sais pas trop. On n'en a jamais parlé, fit-elle soucieuse, avant de retrouver son sourire. Mais j'ai vraiment l'impression qu'on se comprend sans avoir à beaucoup parler, tu sais ?

Oh pitié. Je résistai à l'envie de lever les yeux au ciel. Il fallait que je sorte d'ici avant d'exploser.

– Il aime les couleurs vives, dis-je pour en finir. Prends la rose.

– Super ! Merci ! s'exclama-t-elle.

Elle retourna en cabine pour se rhabiller avant de dire, d'une voix étouffée sous les vêtements :

– Alors, c'est fou que Kyan et toi vous alliez au bal ensemble.

– Pourquoi pas ? Les amis font des trucs comme ça tout le temps. N'essaye pas de trouver une interprétation, d'accord ? Kyan n'est pas pour moi.

– Je sais. Tu n'es pas du tout son genre.

– Ah bon ? lançai-je en m'agrippant au bord de mon siège. Je ne suis pas le genre de Raj non plus, on dirait. Je ne suis sûrement le genre de personne.

– Oh, Lise. Ce n'est pas ce que je voulais dire.

Je poussai un soupir.

– Je sais. Alors... qui est le genre de Kyan, à ton avis ?

– Je... Je... Je ne sais pas. C'est même... bizarre maintenant que j'y pense. Je ne savais pas qu'il avait envie d'aller à ce bal.

– Ça n'a pas l'air de te faire plaisir.

– Si, si. Je veux qu'il soit heureux, ajouta-t-elle rapidement.

Je haussai les épaules.

– J'y vais uniquement pour lui remonter le moral, précisai-je en me levant pour mettre un terme à cette conversation. En fait, il voulait inviter quelqu'un d'autre, mais elle est toujours prise.

– Ah bon ? demanda Viv en enfilant son gilet. C'est qui ?

– Aucune importance. Ça n'arrivera jamais de toute façon.

– Pourquoi il ne m'en a jamais parlé ? Il me dit tout, d'habitude.

– Il n'avait pas besoin. C'était plutôt évident pour tout le monde. Enfin, pas pour toi apparemment.

Viv eut l'air de ne pas comprendre.

– Attends... où tu vas ? demanda-t-elle alors que je me dirigeais vers la porte. Tu ne veux pas essayer quelques robes ?

– Non, pas maintenant.

J'avais pensé que je pourrais peut-être me trouver une robe aujourd'hui, mais je n'étais plus du tout d'humeur. Raj allait être soufflé par la beauté de Viv au bal, et essayer le moindre vêtement dans la même pièce qu'elle était impossible.

– Essayes-en juste une ou deux, s'il te plaît ? fit-elle en me tirant par le bras. La couleur préférée de Kyan est le rouge et ça t'ira à merveille.

– On y va en tant qu'amis, rappelle-toi. Et puis de toute façon, euh, je sais déjà ce que je vais porter.

C'était tout à fait faux mais c'était la meilleure excuse que j'aie pu trouver. Je me dirigeai vers la sortie.

– Je t'attends à la caisse.

– D'accord, dit-elle, déçue.

Elle émergea des cabines quelques minutes plus tard, armée d'une robe rouge cerise en mousseline.

– Qu'est-ce qui est arrivé à la rose ? demandai-je.

Viv haussa les épaules en rougissant légèrement.

– Oh tu sais, le rouge me va mieux.

Je la regardai passer la robe par-dessus le comptoir alors que la colère me montait au nez. Qu'essayait-elle de faire ? Mener Kyan en bateau ?

Peut-être n'avait-elle aucune intention. Après tout, elle n'avait pas la moindre idée que Kyan était amoureux d'elle. Peut-être que la robe rouge était tout simplement sa préférée. Mais, quand même, ça semblait exagéré.

Après les courses, nous allâmes manger une glace, mais je savourai à peine la mienne en écoutant Viv monologuer sur la coiffure qu'elle porterait au bal.

– Qu'est-ce que tu en penses ? demandait-elle. Attachés ou lâchés ? Kyan m'a dit une fois qu'il aimait bien quand j'avais les cheveux attachés, mais Raj ne m'a jamais dit ce qu'il préférait.

– Les deux sont bien, dis-je platement.

– Bien seulement ? Mais je veux être fantastique ! Si je les porte détachés et qu'il essaye de m'embrasser, ils peuvent me gêner. Mais si je les attache et qu'ils sont tous collés par la laque, il ne voudra pas y toucher.

– Oh mais fais-en ce que tu veux ! m'exclamai-je de plus en plus exaspérée.

– Euuh, OK. Tu es de mauvaise humeur ? Tu as l'air assez tendue...

– Non ça va, dis-je trop rapidement en regardant mon portable. J'ai... j'ai oublié que Gail devait venir me chercher à 18 heures. Je dois y aller.

Je manquai de lâcher ma glace dans la précipitation pour récupérer mon sac.

– Tu ne m'avais pas prévenue..., commença Viv perplexe.

Mais je lui faisais déjà signe en lui disant à demain.

Cinq minutes plus tard, j'étais en train de me geler devant l'entrée du centre commercial et j'appelais Gail sur son portable. Elle sembla surprise quand je lui dis que j'avais déjà fini mon shopping. Je lui avais demandé de venir me chercher à 20 heures, mais elle me dit qu'elle arrivait. Je poussai un soupir en raccrochant. J'allais devoir attendre encore quinze minutes dans le froid, mais c'était préférable à écouter Viv me dévoiler son projet d'embrasser le garçon de *mes* rêves. *Ce n'était pas du mensonge*, pensai-je, *c'était de l'instinct de conservation.* Et je continuerais aussi longtemps qu'il le faudrait, jusqu'à ce que j'aie tourné la page.

Oublier Raj aurait été bien plus facile si je n'avais pas été obligée de le voir tous les jours. Mais non contente d'être forcée de le croiser, je devais aussi travailler avec lui. Et l'écouter répéter à quel point il était impatient d'être au bal. C'était une torture, et arrivée à la fin des cours vendredi, j'étais si tendue que le moindre petit hoquet aurait pu me briser en deux.

Et soudain... le hoquet se produisit.

Je regardais Raj qui lisait ma dernière critique sur Le Bambou Fou, le restaurant végane situé en bordure de la ville. Il était si près de moi que nos coudes n'arrêtaient pas de se toucher, et j'essayais de retenir ma respiration pour ne pas être distraite par son parfum frais et agréable. Pour finir, il leva les yeux et secoua la tête.

– Qu'est-ce qui s'est passé, Lise ? demanda-t-il doucement en me rendant mon papier. Ce n'est pas ton meilleur article. Loin de là.

– C'est-à-dire ?

Mais je connaissais déjà la réponse. J'avais mis deux fois plus de temps à écrire cette critique que les précédentes, pourtant elle ne faisait que la moitié de leur longueur habituelle. J'avais essayé d'y instiller de l'enthousiasme mais chaque mot retombait à plat sur la page. *Raj, Raj, Raj,* tournait en boucle dans ma tête alors que j'écrivais et je n'arrivais pas à m'en débarrasser.

Les nerfs en pelote, je relus les premières lignes de ma critique : *Le Bambou Fou, aux abords de la ville, propose un choix de plats variés. On y trouve de tout, du tempura de chou-fleur à la saucisse de tofu. Même les non-véganes seront ravis par le menu...*

Je baissai les yeux sans pouvoir continuer. C'était tellement... nul, que je n'avais pas d'argument pour me défendre. À part que tout était *sa* faute ! Évidemment je ne pouvais pas dire ça, alors je me contentai de :

– Je ne vois pas le problème. Je la trouve bien.

– N'importe quoi. Tu es trop douée pour laisser passer un travail aussi médiocre. Ce serait bien que tu arranges ça le plus vite possible, parce que j'ai un autre article à te confier pour le week-end. Tu vas couvrir l'ouverture officielle du Délice Sucré dimanche.

Au Délice Sucré.

La panique me serra la gorge. Impossible. Je ne pouvais pas faire ça. Ce serait trop dur de devoir me rappeler tout ce qui s'était passé avec lui et qui n'arriverait plus jamais.

– Non. Je... je refuse.

– Mais Lise, ne me dis pas que tu t'opposes encore à la rubrique gastronomique ? Je croyais qu'on en avait fini avec cette histoire...

– Ce n'est pas ça, dis-je doucement. Je ne peux pas, c'est tout.

– Tu ne peux pas, répéta-t-il en soufflant, bras croisés. Et pourquoi ça ?

Je secouai la tête en me sentant rougir.

– Je ne peux pas te le dire.

– Génial, grogna-t-il. Alors voilà ce que *moi* je peux te dire. Tu arranges ta critique du Bambou Fou et tu fais l'article sur le Délice Sucré, ou tu perds ton poste.

– Hein ? Mais tu rigoles !

– Qu'est-ce que je suis censé faire ? s'écria-t-il en s'adossant à sa chaise.

Il me fixa avec une expression sévère qui s'adoucit peu à peu.

– Lise, qu'est-ce qui se passe ? demanda-t-il en se penchant vers moi. Tu te comportes bizarrement depuis la visite à Concord et je ne comprends pas. Je croyais qu'on était amis.

L'idée de le blesser sans qu'il comprenne pourquoi me crispait.

– Maintenant tu ne m'adresses la parole que quand c'est nécessaire et tu te comportes comme ça au travail. Je sais que quelque chose ne va pas...

Le rythme de mon cœur s'accéléra, j'eus l'impression que toute mon âme s'étalait honteusement sur mon visage.

– Tout va... bien, bégayai-je.

– Mais tu refuses d'écrire sur le Délice Sucré et cette critique du Bambou Fou ne te ressemble pas du tout. C'est comme si ton cœur n'y était pas.

J'avais envie de hurler. Je m'emparai du papier.

– C'est toi qui parles de cœur, lâchai-je assez fort pour que plusieurs élèves tournent la tête de leurs écrans.

Raj leur adressa un regard d'avertissement et ils baissèrent tous immédiatement les yeux.

– Et le tien de cœur ? Il est où ? demandai-je. Pas dans cette salle de rédaction, ça c'est sûr en tout cas.

– Qu'est-ce que tu racontes ? demanda-t-il en m'entraînant dans le couloir.

– Tu joues les rédacteurs en chef tout-puissants parce que tu n'as pas le courage de parler de ta peinture à ton père.

– Tu sais très bien que je ne peux pas lui dire, rétorqua-t-il entre ses dents serrées. Il ne comprendrait pas. Il essayerait de m'arrêter.

– Tu n'as même pas essayé de lui en parler, donc comment tu peux connaître sa réaction ? Au lieu de ça, tu passes tout ton temps à diriger le journal comme un dictateur.

– Je fais mon boulot, grogna-t-il.

– Un boulot que tu détestes ! Rien de tout cela ne te ressemble. C'est juste ce à quoi ton *père* veut te faire ressembler. Comment tu peux savoir qui tu veux si tu ne sais même pas qui tu es ?

– Qui je veux ? demanda-t-il, perplexe.

Mon cœur s'arrêta net. Oh non. Est-ce que je venais de dire ça ?

– Ce que. Je voulais dire « ce que tu veux ».

Il fit un pas vers moi en me dévisageant.

– Mais tu as dit...

– Oublie ça ! hurlai-je, paniquée. Retourne te cacher dans ton journal ! Tu es très doué à ce jeu. Mais ne viens pas me dire ce qui ne va pas dans mes chroniques. Je ne veux pas l'entendre. Certainement pas de ta bouche. Et inutile de me virer, c'est moi qui démissionne !

Tournant les talons, je m'élançai dans le couloir alors que les larmes me montaient aux yeux. Je crus entendre mon nom mais je ne me retournai pas. Je ne pensais pas qu'il me suivrait après tout ce que je lui avais dit. Mon nom résonna à nouveau, plus fort. Je voulus accélérer mais me cognai dans quelqu'un qui m'attrapa immédiatement les mains.

– Lâche-moi, Raj ! hurlai-je.

Mais quand j'ouvris les yeux, je découvris Viv devant moi.

– Raj ? répéta-t-elle, perplexe. J'allais lui dire bonjour. Hé, est-ce que tu... tu vas pleurer ? Qu'est-ce qui se passe ?

– On s'est disputés à mort à cause d'un article débile. J'ai... j'ai perdu mon sang-froid.

Viv croisa les bras.

– Donc tu t'es défoulée sur lui. Je comprends. Tu es comme ça avec moi ces derniers temps.

– Mais non ! protestai-je même si c'était vrai.

– C'est à cause du bal, c'est ça ? demanda Viv. Tu es de mauvais poil depuis qu'il m'a invitée. Tu as à peine dit deux mots sur les robes que j'ai essayées l'autre fois.

J'avais envie de me boucher les oreilles et de tout nier en bloc, mais c'était impossible. Plus maintenant.

– Très bien ! Oui, c'est à cause du bal ! Je ne veux pas que tu y ailles avec Raj !

– Pardon ? haleta Viv.

– Je t'ai dit qu'il n'y avait aucun problème, mais c'est faux ! Il... Il me plaît toujours, même après tout ce qui s'est passé. Même s'il te plaît aussi à toi. Je sais que ce n'est pas juste, mais... je ne peux pas m'en empêcher.

Je vis la colère transformer le visage de Viv.

– Je n'arrive pas à croire que tu me dises ça maintenant ! Le bal est demain soir ! cria-t-elle. Tu aurais dû être honnête depuis le début.

– Je sais...

– Qu'est-ce que tu veux que je fasse ? Que je le laisse tomber ? Tu ne peux pas changer d'avis sur un coup de tête comme ça.

– Oh je t'en prie, Viv ! Ne me parle pas de coup de tête, rétorquai-je. Tu changes de copains plus souvent que les stars ! C'est comme un jeu pour toi ! Tu n'es pas vraiment amoureuse de Raj.

– Ce n'est pas vrai, protesta-t-elle en pâlissant. J'essaye juste de trouver un garçon qui soit fait pour moi. Ça pourrait très bien être Raj.

– Mais bien sûr que non. Tu n'as jamais eu besoin de trouver le garçon parfait. Il est là depuis longtemps et tu ne le vois même pas ! Et ce n'est certainement pas Raj !

Viv renifla.

– Je ne sais pas de qui tu parles et toi tu ne sais rien de ce que je ressens pour Raj. Et je vais aller au bal avec *lui*.

– Alors tu y vas avec le mauvais garçon. Et moi je n'y vais pas du tout.

Je la dépassai et sortis du collège en trombe alors que les larmes que j'avais retenues jusque-là commençaient enfin à couler.

Jamais, de ma vie, je n'avais été aussi soulagée quand il se mit à neiger abondamment. Je dépassai des groupes d'élèves qui sortaient du collège, mais tous avaient la tête baissée sous leurs bonnets. Ainsi, personne ne remarqua mes larmes.

Arrivée à la maison, je montai directement à l'étage pour me jeter sur mon lit, prête à détremper mon oreiller. Mais je n'allai pas si loin car, très vite, on toqua à la porte.

– Va-t'en s'il te plaît, dis-je dans mon oreiller.

La porte s'ouvrit et la voix de Destry dit :

– Hors de question. C'est ma chambre aussi, tu te souviens ?

Le lit s'affaissa d'un côté quand elle s'assit, mais je ne levai pas la tête.

– Je sais ce qui s'est passé, dit-elle doucement. J'ai amené des renforts.

Je reniflai, m'essuyai les yeux et levai la tête à contrecœur. Kyan se tenait au bout du lit.

– Il paraît que tu me laisses tomber pour le bal ?

– Comment tu as su ? demandai-je alors que Destry me tendait un mouchoir. Et *toi* ? ajoutai-je pour elle.

– Je suis allée chez Becca après la danse, expliqua Destry. J'étais là quand Viv a appelé Kyan.

– Génial, marmonnai-je en me retournant vers Kyan. Donc elle t'a raconté ma crise. Qu'est-ce qu'elle a dit ? Que j'essayais de lui voler Raj ?

– Non. Elle était contrariée mais elle n'avait pas l'air fâchée. Elle a demandé si je venais quand même au bal sans toi. Elle a dit qu'elle était nerveuse et qu'elle voulait que je sois là.

– Elle veut que tu sois là en plus de Raj ? Pourquoi elle devrait toujours avoir tout ce qu'elle veut ? Et comment tu peux supporter de traîner avec elle alors que tu sais qu'elle ne s'intéressera jamais à toi.

Il haussa les épaules.

– Je crois que je ne pense pas en termes de «jamais». Plutôt en «peut-être.» Et puis je ne veux pas la perdre comme amie.

Il s'assit à côté de moi et poursuivit :

– Mais ce n'est pas facile pour moi et le marché, c'était qu'on y allait ensemble toi et moi, tu te souviens ?

– Mais je ne peux pas y aller. Je ne veux pas les voir tous les deux.

Kyan me jeta un regard noir.

– Et tu crois que moi oui ?

– Hum...

Je triturai le bord de la couverture. Il marquait un point.

– Lise, intervint Destry. Le meilleur moyen de tourner la page Raj, c'est d'y aller et de bien t'amuser. Prouve-toi que tu peux le croiser sans t'effondrer.

Je retombai sur le lit.

– Je ne sais pas. Je n'ai même pas acheté de robe et je n'ai absolument rien à me mettre.

Destry se leva d'un bond.

– Ça, je m'en charge !

Elle ouvrit son placard et en sortit une robe fourreau sans bretelles et étincelante. C'était la robe que j'avais voulu porter le soir de la Saint-Valentin, mais qu'elle m'avait refusée. Notre relation s'était grandement améliorée et ceci était un signe prometteur.

– Elle est si belle, dis-je en la prenant avec délicatesse. Merci.

– Est-ce que ça veut dire que tu viens au bal ? demanda Kyan, plein d'espoir.

J'hésitai, mais il suffit d'un seul regard à son visage suppliant pour que je confirme :

– C'est d'accord. Je viens.

Après tout, ce n'était que pour un soir. Je pouvais survivre un soir. N'est-ce pas ?

13

– Je ne survivrai pas, dis-je en resserrant mon manteau autour de moi.

Une douzaine d'élèves me dépassèrent et disparurent dans la lueur violette, absorbés par la musique qui résonnait depuis les portes ouvertes du gymnase.

– Mais si, dit Kyan. Regarde-moi. Je vais bien.

Je lui lançai un regard qui voulait dire « oui c'est ça ».

– Tu as essayé au moins dix cravates avant d'y aller, et tu as fait tomber l'appareil photo de ta mère dans l'évier de la cuisine.

Nous étions allés chez Kyan prendre des photos avant le bal et Mme Slade avait promis d'en prendre pour papa et Gail qui avaient dû rester à la maison car le dos de Gail la torturait. Papa s'était excusé de ne pas pouvoir nous emmener au bal, mais il « surveillait le bébé », selon ses mots. D'après le médecin, le bébé pouvait arriver d'un instant à l'autre et papa voulait être dans le coin.

– Disons que je vais bien *maintenant*, répondit Kyan. Tout ce qu'il me fallait, c'était ma cravate scarabée porte-bonheur. Je suis la détermination incarnée. Je peux tout supporter.

Cette cravate bordeaux et or à scarabée était plutôt cool, pour une cravate insecte. Le club de sciences devait être fier de lui.

Je lui fis un grand sourire.

– Hmm, peut-être qu'on devrait rester près du buffet.

Il rigola et demanda :

– Prête ?

– Comme jamais.

Je redressai le dos, pris une grande inspiration et entrai dans la salle de bal. Le gymnase avait été transformé en Pays des Merveilles hivernal. Des lumières blanches et violettes scintillaient tandis que des flocons de neige et des guirlandes tombaient en grappes du plafond. Plusieurs couples étaient déjà sur la piste de danse. Mes yeux cherchèrent automatiquement Raj et Viv, sans les trouver.

– Je ne les vois pas non plus, confirma Kyan qui lisait dans mes pensées. Je vais mettre ton manteau au vestiaire et je reviens.

Je me dirigeai droit vers le buffet (plus connu sous le nom de « zone de confort des gens timides »). J'attrapais un verre de punch quand on me tapota sur l'épaule. Je fis volte-face, pensant que c'était Kyan, mais mon cœur s'arrêta à la vue de Raj, en costume bleu marine, ses cheveux coiffés en arrière. Il était beau, ténébreux... le rêve.

– Je savais que c'était toi, dit-il en passant une main nerveuse dans ses cheveux. Viv a dit que tu ne venais pas. Mais je suis content que tu aies changé d'avis. Tu es... superbe.

Il rougit et je sentis la chaleur envahir mon visage. Pourquoi me dire ça ? Est-ce qu'il le pensait vraiment ? Destry m'avait aidée à me maquiller et je devais bien admettre que quand je m'étais regardée dans le miroir de la salle de bains, je m'étais trouvée plutôt jolie.

– Merci, dis-je en essayant de garder mon calme.

Je jetai un coup d'œil aux alentours, craignant la gêne qui allait s'installer à la seconde où Viv débarquerait.

– Où est Viv ?

– Oh, elle est aux toilettes avec Mona et d'autres filles. Je crois qu'elles font des retouches maquillage pour les photos.

Un slow arriva. Les lumières se tamisèrent et les couples se rapprochèrent. Je sentis les yeux de Raj sur mon visage et mon cœur se mit à battre plus fort que les basses des enceintes.

– Tu veux danser ? demanda-t-il tout doucement.

Un rire incrédule s'échappa de moi.

– Tu plaisantes ? Tu n'es pas fâché contre moi ? J'ai démissionné du journal hier.

– Mais non, dit-il fermement. Car je refuse ta démission.

– Tu es sûr ?

– Tu vois, j'ai une théorie en ce qui te concerne, chuchota-t-il en se penchant tout près de mon oreille. Tu n'as pas vraiment envie de démissionner.

– Ah bon ? dis-je sans respirer.

– Tout à fait. Et quand tu seras prête à me dire ce qui se passe, tu rendras tes articles. J'attendrai, et pendant ce temps, on peut danser.

– Je... Je...

J'en avais envie. Tellement envie. Je n'arrivais même plus à lui en vouloir. Je n'arrivais plus à être autre chose que complètement et désespérément fascinée.

– Merci, mais... je ne crois pas que je devrais. J'attends Kyan et Viv va revenir d'une minute à l'autre.

Je regardai autour de moi dans l'espoir que Kyan arrive à mon secours.

– Ça ne dérangera pas Viv que je danse avec une amie. Allez, viens.

Sans me laisser le temps de protester, il me prit la main et me tira doucement vers la piste. Quand il passa le bras autour de ma taille je crus que j'allais me transformer en flaque.

– Pourquoi tu es si gentil ? demandai-je. Tu devrais me haïr après ce que je t'ai dit hier...

– Non ! Non. Ce que tu as dit à propos de mon père et... tout le reste. Ça m'a donné à réfléchir.

Il me regarda avec un sérieux déconcertant.

– Hier quand tu es partie, reprit-il, je suis allé voir M. Diaz, le prof d'arts plastiques. Je lui ai montré mes dessins et il veut les montrer à l'exposition dans quelques semaines.

– Oh mais c'est génial !

Il acquiesça avec un sourire hésitant.

– Oui... *si* j'en parle à mon père. Je ne sais pas encore ce que je vais faire.

– Si tu lui montrais ce que tu fais, je suis sûre qu'il finirait par l'accepter.

– J'aimerais être aussi confiant que toi.

– Je ne suis pas toujours aussi confiante, crois-moi. Surtout quand je dois reconnaître mes erreurs. Tu avais raison pour ma critique. J'étais juste trop têtue pour l'admettre.

Il se rapprocha de moi.

– Tu es têtue, mais moi aussi. Désolé qu'on se soit

disputés. Je ne sais pas comment tu fais pour arriver à me faire sortir de mes gonds, dit-il en riant.

Je ris à mon tour.

– Je sais ce que tu veux dire.

Raj me dévisagea de ses yeux intenses.

– Lise, murmura-t-il, ça va te paraître dingue, mais parfois je me demande si...

Si quoi ? Dans ma tête tournoyait une myriade de possibilités. Mais je n'eus pas le loisir de découvrir ce qu'il s'apprêtait à dire parce que Viv apparut à ses côtés avec un sourire distant.

– Te voilà, lui dit-elle avant de se tourner vers moi pour ajouter : Ah, salut.

– Salut, répondis-je.

Elle était encore plus belle dans sa robe rouge ce soir que lors de son essayage. Raj semblait incapable de détourner les yeux d'elle.

Viv eut un rire crispé.

– Je ne pensais pas vous trouver en train de danser ensemble.

– Lise me, euh, tenait compagnie en t'attendant.

– Aucun problème, dit-elle en s'efforçant d'avoir l'air joyeuse. Kyan te cherche. Il est au buffet.

– D'accord.

Je me demandais dans quel état serait Kyan après avoir vu Viv. Je doutais que même sa cravate scarabée puisse résister à une robe rouge aussi renversante.

Viv arrangea le col de la veste de Raj.

– C'est l'heure des photos !

Ce dernier m'adressa un signe de la main hésitant.

– À plus tard ?

Je hochai la tête avant de m'éloigner. Puis, abattue, je me mis à la recherche de Kyan. Je le trouvai qui me faisait de grands signes depuis la sortie, mon manteau à la main.

– Oh Kyan, je suis désolée. C'est à cause de la robe de Viv, c'est ça ? Si tu veux qu'on s'en aille, ça me va.

– Laisse tomber la robe de Viv. C'est le bébé ! Ma mère m'a appelé. Elle est devant avec Destry. Elle va vous emmener à l'hôpital. Gail va accoucher !

– Oh bon sang !

J'attrapai mon manteau et me précipitai vers la porte. Je mis une seconde à me rendre compte qu'il ne me suivait pas. Je me retournai.

– Tu ne viens pas ?

– Ma mère repassera me chercher, répondit-il avec un sourire. Je me suis promis de danser avec Viv ce soir. Une seule fois, quoi qu'il arrive. Si je ne le fais pas je vais le regretter, parce qu'après ce soir, je tourne la page.

Je le pris dans mes bras.

– Elle ne saura jamais ce qu'elle rate.

– Merci. Appelle-moi dès qu'il y a du nouveau !

Je me précipitai à l'extérieur, tout excitée.

Mais en tournant à l'angle pour aller au parking, j'aperçus le kiosque décoré sur la pelouse du collège et je m'arrêtai net. Dessous se tenaient deux silhouettes, têtes inclinées l'une vers l'autre, qui se détachaient sous le ciel nocturne. L'une d'elles portait une robe rouge reconnaissable entre toutes.

Viv et Raj. Je retins ma respiration en observant leurs lèvres se rapprocher... je fermai les yeux, le cœur brisé. Je ne voulais pas voir ce baiser. Alors je m'élançai vers le mini-van de Mme Slade sans me retourner. En montant à côté de Destry, je poussai un grand soupir.

– Maman va accoucher, tu y crois ? s'écria Destry. Comment c'était le bal ? Tout le monde a adoré ta robe ? Qu'est-ce qu'il y a ? demanda-t-elle devant ma mine déconfite.

– Je les ai vus s'embrasser. C'est fini.

– Tu es sûre qu'ils s'embrassaient ? demanda Destry par-dessus sa tasse de chocolat chaud.

Je poussai un soupir en feuilletant l'unique magazine de la salle d'attente.

– Oui, certaine.

Nous étions là depuis deux heures. Papa et Gail plusieurs heures avant. Personne ne savait quand le bébé allait arriver. Au début, Destry et moi avions fait les cent pas nerveusement. Puis nous avions décidé de nous asseoir. Et de passer en revue ma soirée horrible.

– Tu as vu leurs lèvres se toucher ?

– Arg ! Non ! m'exclamai-je en jetant le magazine. Je ne voulais pas rester pour regarder. Mais je le sais. Lundi, ils seront officiellement en couple.

Destry secoua la tête.

– Ce n'est pas très logique, surtout après la façon dont il a dansé avec toi, d'après ce que tu m'as dit.

– Depuis quand l'amour est logique ?

– L'amour est la seule chose qui soit logique, *anjinha*, dit papa derrière moi.

Il était en blouse d'hôpital, fatigué mais rayonnant. Il nous prit toutes les deux dans ses bras.

– Alors... qui veut voir Sabrina, votre nouvelle petite sœur ?

J'étais aux anges. Nous hurlâmes en sautant dans tous les sens jusqu'à ce qu'une infirmière de la réception nous demande de nous taire.

– Désolée, dis-je. Mais... on a une petite sœur !

– On est au courant, dit-elle en souriant. Ça arrive souvent par ici.

Gail était assise dans son lit quand nous entrâmes sur la pointe des pieds. Elle avait l'air bien plus épuisée que papa mais tout aussi ravie. Elle tenait dans ses bras un bébé endormi, tout emmailloté avec sa petite bouche rose en cœur.

Sabrina.

– Elle est si petite ! s'extasia Destry.

– Et fantastique, m'émerveillai-je devant ses traits délicats.

– Viens lui dire bonjour, grande sœur, me proposa Gail en me mettant le bébé dans les bras.

Je regardai Sabrina avec ses cils noir ébène. J'arrivais à peine à croire qu'elle était réelle. Mon cœur était au bord de l'explosion.

– Coucou, petite sœur, dis-je en lui touchant le bout du nez.

Je la berçai quelques minutes puis déposai un baiser sur son bonnet.

– Tu vas bientôt voir ta chambre. On a tout préparé pour toi.

– C'est mon tour maintenant ? demanda Destry impatiemment.

– C'est ton autre grande sœur, dis-je en me levant pour laisser la place à Destry. Elle est un peu autoritaire, tu verras.

– Hé ! protesta Destry qui souriait jusqu'aux oreilles.

Papa vint passer un bras autour de mes épaules.

– Ma chérie, je ne t'ai pas encore dit à quel point tu es jolie ce soir.

– Ce n'est pas grave, gloussai-je. Je crois que tu avais de bonnes raisons d'être préoccupé.

Les larmes aux yeux, il me serra contre lui.

– Je suis tellement heureux que tu sois ici avec nous. J'aurais voulu partager plus de moments avec toi. Je sais que tu aurais probablement préféré partir en Suisse avec ta mère, mais...

– Non, coupai-je. Plus maintenant. En fait, j'ai pensé que si tu étais d'accord, peut-être que je pourrais rester jusqu'à la fin de l'été. Je pourrais vous aider avec Sabrina et peut-être qu'on pourrait voir un match des Red Sox. Enfin, si ça ne pose pas trop de problèmes.

– Des problèmes ? fit papa en riant. Comment peux-tu penser ça ? Il va falloir que j'en parle à ta mère, mais on adorerait que tu restes avec nous aussi longtemps que tu veux.

– Ce serait super, dit Gail.

– Mais... tu es sûre de toi ? demanda papa, soudain soucieux. Tu veux rester plus longtemps ?

Je regardai Gail et Destry avec Sabrina, puis le visage fier de mon père, plein d'amour. C'était bel et bien ma famille, autant que maman et Bill l'étaient. Pour la première fois, je sentais que j'en faisais vraiment partie. Je n'étais pas une pièce rapportée, baladée d'un côté à l'autre selon les nécessités, mais bien une pièce faite pour entrer dans le puzzle.

– Oui j'en suis sûre, répondis-je en embrassant papa sur la joue. C'est exactement ici que je veux être.

14

Je n'avais aucune idée de l'heure à laquelle papa nous avait ramenées de l'hôpital, Destry et moi, mais samedi soir s'était transformé en dimanche matin quand nous nous effondrâmes dans nos lits, épuisées, mais trop excitées pour dormir.

Quand je finis par y parvenir, j'eus l'impression que je venais à peine de fermer les yeux que la sonnette de l'entrée retentit. Papa nous avait dit qu'il retournerait à l'hôpital dès le matin, donc il n'était pas là pour ouvrir. Dans la chambre, Destry ronflait comme un ours, alors je me levai.

Je titubai hors de mon lit les yeux mi-clos, enfilai un sweat et descendis à tâtons jusqu'à la porte. Je grognai en regardant par le judas à la vue de Viv, une licorne en peluche dans les mains et l'air particulièrement nerveuse.

– Ouvre, Lise, dit-elle en frappant. Je sais que tu es là. Je t'entends presque penser à quel point tu me hais.

Avec une grande inspiration, j'ouvris la porte.

– Je ne te hais pas, répondis-je à contrecœur. Mais la licorne, ça c'est à voir.

– C'est vrai ? fit Viv en serrant sa peluche avant d'entrer sans ma permission. Ça tombe bien, c'est pour le bébé.

Elle gloussa nerveusement, mais quand je ne lui rendis pas son sourire, elle soupira.

– Il faut qu'on parle.

Je croisai les bras.

– Il n'y a rien à dire. Je t'ai vue embrasser Raj la nuit dernière. Je sais que je dois l'oublier, et je le ferai. Parce que... je ne veux pas perdre notre amitié, dis-je en baissant les yeux. C'est juste que ça va me prendre un peu de temps.

– Attends, coupa Viv les yeux écarquillés. Moi ? Embrasser Raj ?

– Oui, sous le kiosque. Je vous ai vus quand je partais.

Viv secoua la tête.

– Je ne sais pas ce que tu as cru voir, mais on n'était pas en train de s'embrasser. Plutôt l'inverse, même. J'étais en train de rompre avec lui.

– Hein, mais pourquoi ?

– J'ai vu comment il te regardait pendant que vous dansiez. Il ne m'a jamais regardée comme ça. Mais même avant ça, je savais que ça ne marcherait pas. C'est juste que je ne voulais pas voir les choses en face.

Je restai perplexe.

– Mais une danse, ça ne signifie pas que je lui plais.

– Non, mais ça, oui.

Elle me mit la licorne dans les bras pour sortir le carnet à dessins de Raj de son sac.

– Raj l'a oublié dans la voiture de mon père en allant au bal hier. Comme c'est sa mère qui est venue le chercher après notre discussion, je n'ai pas pu le lui rendre. Je crois qu'il a fait ce dessin après notre visite à Concord, dit-elle doucement.

Elle feuilleta le cahier jusqu'à une page vers le milieu.

Mes genoux se dérobèrent sous moi. C'était moi, dessinée au fusain, le visage tourné vers un soleil invisible, les yeux clos, un sourire rêveur aux lèvres, mes cheveux noirs en cascade derrière moi voletant dans une brise couleur mandarine qui soufflait sur la page.

– Ce n'est pas moi qui lui plais, chuchota Viv. C'est toi.

– Mais... mais.

Pour une fois, je n'avais plus de mots pour décrire l'instant. Un million de pensées me traversaient la tête.

– J'ai été odieuse, continua Viv tristement. Raj n'a jamais été pour moi. On n'est pas faits l'un pour l'autre. Loin de là. Mais je me suis laissé entraîner par sa gentillesse, sourit-elle. Et puis, tu sais comment je suis avec les garçons. Je voulais vraiment l'aimer, mais honnêtement, je n'y arrivais pas. Je me sentais tout le temps coupable. Je suis désolée.

– Moi aussi, dis-je en proie à une foule d'émotions. C'était autant ma faute que la tienne. J'aurais dû dire toute la vérité à Raj depuis le début. Ce n'était pas juste de ma part de te mettre dans cette position sans penser que ça pouvait se compliquer. Alors..., commençai-je en levant les yeux vers elle. On peut être de nouveau amies ?

Viv fit un grand sourire et me prit dans ses bras.

– On n'a jamais cessé de l'être. Mais tu dois faire quelque chose pour tout arranger. Tu dois lui dire la vérité !

– Je ne peux pas. C'est trop tard. Quand il découvrira que j'ai menti pendant tout ce temps, il ne voudra plus jamais me parler.

– Peut-être que oui, peut-être que non. Il n'y a qu'un seul moyen de le savoir.

– Mais et toi ?

– Ne t'en fais pas pour moi, dit-elle avec un sourire curieusement joyeux.

Je restai bouche bée en la voyant commencer à rougir.

– Tu rigoles ? Ne me dis pas que tu as *déjà* un autre garçon en vue ? Qui c'est ?

Je ne l'avais jamais vue aussi troublée.

– C'est Kyan, finit-elle par dire.

J'éclatai de rire.

– Enfin !

– Je *savais* que tu le savais ! Tu n'arrêtais pas de faire des allusions et moi je ne comprenais rien !

– Tout à fait. Mais... ça s'est passé quand ?

– Au bal. Quand Raj est parti, je suis restée des heures avec Kyan. On a parlé de ce qui se passait avec ma mère, elle va me laisser faire une pause dans le mannequinat, à propos. Je lui ai dit que je songeais à participer à l'élection du conseil des élèves et il m'a proposé de m'aider pour la campagne ! Puis il m'a demandé de danser dehors, sous le kiosque, et tout à coup, on était en train de s'embrasser ! Et... c'était génial !

Je gloussai.

– On parle bien de Kyan ?

Elle rougit de plus belle.

– Je ne l'aurais jamais deviné. Mais il m'a complètement fait tourner la tête. Il est tellement gentil, attentionné et mignon, même avec sa passion pour les insectes.

Kyan avait donc fini par jouer les Casanova. J'avais hâte de l'appeler pour qu'il me raconte.

– Mais ne joue pas les mantes religieuses avec lui, d'accord ?

– Moi ? Jamais. Pas avec un garçon comme lui.

Et le plus fou dans tout cela, c'est que pour une fois, je la crus.

Elle me mit le carnet de Raj entre les mains.

– Tiens. Tu devrais lui rendre.

J'acquiesçai, mais mon cœur battait la chamade à la seule pensée d'avouer toute la vérité à Raj.

– Je n'ai pas la moindre idée de comment je vais faire ça.

Mais soudain, j'eus un déclic et je sus. Et ce serait parfait.

– On doit y aller, dis-je en attrapant mon manteau. Il est 11 heures. Mme Leroux doit être déjà là-bas en train de se préparer à l'ouverture, dans cinq heures, marmonnai-je pour moi-même.

– Attends ! De quoi tu parles ? C'est qui Mme Leroux ?

– Je te raconterai en chemin.

Je griffonnai un mot pour Destry que je calai contre la porte.

– D'accord, aquiesça Viv, mais... on va où ?

– Au Délice Sucré. Je viens de trouver comment je vais annoncer à Raj qui je suis.

L'ouverture était programmée pour 16 heures. Après une halte à l'hôpital pour voir Sabrina, et un retour à la maison pour me changer à toute vitesse, je me retrouvai à 15 h 45 devant le Délice Sucré.

Je faisais les cent pas devant la porte en essayant d'avoir l'air nonchalante, mais en vain. Mme Leroux ne mit que quelques minutes à me prendre en pitié.

– *Bienvenue ma petite**, me salua-t-elle en français en me faisant signe d'entrer dans la pâtisserie.

Même en tablier, elle était élégante avec ses cheveux attachés en un chignon impeccable.

– Tu es venue vérifier mes talents de décoratrice, n'est-ce pas ?

– Oh non, balbutiai-je. Enfin, je voulais juste voir...

Je m'interrompis, embarrassée, mais son rire tinta comme des clochettes. Elle se tourna vers le mur derrière les petites tables en ouvrant un bras d'un geste magistral.

– Alors dis-moi. Que penses-tu de ce décor? Je crois qu'il a un certain *je-ne-sais-quoi**, tu ne trouves pas?

Je regardai les douze peintures et dessins accrochés avec soin au mur. Je les avais sélectionnés plus tôt dans la journée après avoir demandé à Mme Leroux si elle n'avait pas besoin de quelques œuvres d'art pour aller avec ses délicieuses pâtisseries. J'avais choisi mes œuvres préférées dans le carnet de Raj et elles étaient parfaites sur ce mur. Leurs couleurs vibrantes s'accordaient à merveille avec l'ambiance, comme si elles se trouvaient à leur vraie place.

– J'adore. J'espère que ça va lui plaire.

Mme Leroux hocha la tête, puis retira son tablier.

– Tu as fait ce que te dictait ton cœur. Il le verra.

– S'il vient.

C'était un gros *si*. Et alors que les minutes s'écoulaient et que l'heure arriva, je commençais à me dire qu'il ne viendrait pas. Mme Leroux offrait des macarons aux clients qui entraient à un rythme régulier. Elle en déposa une pleine assiette devant moi, mais j'avais l'estomac trop noué pour avaler quoi que ce soit. Bientôt, toutes les chaises furent occupées sauf à la table où je me trouvais, qui offrait la meilleure vue sur l'extérieur.

Puis, enfin, je l'aperçus. Il portait le même sweat que le soir de notre rencontre, et son expression nerveuse mais pleine d'espoir me fit sourire. Alors que je me demandais combien de temps il allait mettre à les remarquer, ses yeux tombèrent sur les peintures au mur. Il resta bouche bée. C'était le moment. Je pris mon courage à deux mains et m'avançai vers lui, le cœur battant.

– Tu aimes ? demandai-je doucement.

Il sursauta au son de ma voix et sourit.

– Salut, Lise. Donc tu as décidé de venir faire ton article finalement ?

– Euh... peut-être. Mais ce n'est pas la véritable raison de ma présence.

– Oh, fit-il distraitement. Tu es venue avec Viv ? Où est-elle ? Je... je n'arrive pas à croire qu'elle ait fait ça, dit-il en désignant ses peintures accrochées. C'est génial.

Dis-lui, dis-lui, dis-lui.

– Ce n'est pas Viv. C'est moi.

– Toi ? répéta-t-il, perplexe. Mais elle m'a envoyé un e-mail cet après-midi pour s'excuser de ne pas m'avoir dit la vérité. Elle m'a demandé de la rejoindre ici en disant qu'elle m'expliquerait tout.

– C'était un e-mail de la Princesse Grenouille ? demandai-je faiblement, même si je connaissais la réponse.

Il acquiesça d'un bref signe de tête et je finis par prendre mon courage à deux mains.

– C'est moi. C'est moi la Princesse Grenouille.

– Quoi ? souffla-t-il.

– C'est moi la fille que tu as rencontrée ici à la Saint-Valentin.

J'avais le visage en feu et du mal à respirer. Mais il fallait continuer. Je devais lui dire toute la vérité.

– Je ne savais pas qui tu étais ni comment te retrouver. Quand j'ai fini par le découvrir...

Je déglutis. C'était la partie difficile.

– J'ai eu trop peur de te dire qui j'étais. Et tu étais si différent au journal, à diriger tout le monde, que je n'étais pas sûre de...

– De m'apprécier, termina-t-il alors qu'une ombre passait sur son visage. Donc tu as échangé ta place avec Viv.

– C'était une mauvaise idée. Et je suis désolée de t'avoir menti.

– Je n'arrive pas à le croire.

La déception qui se lisait sur son visage me tordit l'estomac.

– Toi et Viv... C'était une sorte de jeu pour vous ?

– Mais non ! m'écriai-je. Pas du tout. Je lui ai demandé de faire semblant d'être moi le temps d'apprendre à te connaître, et puis la situation m'a échappé. C'était tellement bête de ma part. Tout ça parce que j'étais trop têtue pour m'avouer à quel point...

Ma voix se fêla.

– À quel point je t'adore, depuis le début.

Bon sang. Venais-je vraiment de lui dire ça tout haut ?

Raj regarda ses chaussures pendant ce qui me sembla une éternité et j'attendis que son visage s'adoucisse, mais ça n'arriva pas. Pour finir, il leva les yeux.

– Une partie de moi savait que quelque chose clochait, dit-il calmement. Il y avait un truc qui ne collait pas avec Viv depuis le début. Mais je me rappelais toujours cette soirée de la Saint-Valentin et j'espérais que notre connexion reviendrait. Et puis tu es venue travailler au journal, j'ai appris à te connaître, et...

Mon cœur s'emballa, mais il se contenta de pousser un gros soupir.

– Comment je peux te faire confiance après tout ce qui s'est passé ? Je ne sais pas qui tu es réellement.

La douleur me transperça le cœur et je sentis mes espoirs tomber en miettes.

– Si, tu me connais, protestai-je. Je suis la fille que tu as rencontrée à la Saint-Valentin. Chaque fois que je t'ai parlé sous le pseudonyme de la princesse, ou au journal, c'était moi. Tout ça, c'était moi. Tu dois me croire.

Le doute et la tristesse se lisaient dans ses yeux.

– Et si... je n'y arrive pas ?

Il se tourna vers la porte.

– Attends ! lançai-je avant de me précipiter à ma table. J'ai quelque chose pour toi !

Je sortis son carnet ainsi que l'aquarelle du port de Boston qu'il m'avait offerte le soir de la Saint-Valentin.

– Je l'aime tellement, mais... je ne la mérite pas. Pas après ce que j'ai fait. J'aurais dû te la rendre il y a longtemps, mais je crois que j'avais du mal à la laisser partir.

Raj prit son carnet mais refusa l'aquarelle.

– Je veux que tu la gardes.

Je fis oui de la tête, incapable de parler, craignant que ce ne soit sa façon de me dire au revoir.

Il jeta un coup d'œil vers la porte.

– Je... Je crois que je sais ce que j'ai à faire maintenant, mais il faut vraiment que j'y aille...

– Raj, attends ! Je voulais te dire...

Je poussai un soupir puis continuai tout bas :

– J'espère qu'on pourra encore être amis.

Il hocha la tête, songeur.

– Je ne suis pas sûr que ce soit possible, Lise.

Et puis il s'en alla.

Je regardai la porte se refermer, les yeux pleins de larmes et l'impression que mon sort était scellé. Mme Leroux s'approcha, soucieuse.

– Ça par exemple... Où va-t-il ? Il ne peut pas échapper au destin, voyons !

Une larme coula sur ma joue.

– Pourtant c'est ce qu'il vient de faire.

Puis, attrapant mon sac sans avoir touché à un seul macaron, je m'en allai à mon tour.

Je mis des heures à arrêter de pleurer. Destry m'apporta des chocolats, mais elle ne parvint pas à arrêter l'inondation. Pour finir, elle posa une boîte de Kleenex près de mon lit et je m'endormis avec une poignée de mouchoir dans les mains, mon oreiller détrempé, le cœur en miettes.

Je rêvais de Mme Leroux toute souriante quand un bruit qui ressemblait à celui de la pluie me réveilla. Je levai la tête et tendis l'oreille dans le noir. Ce n'était pas la pluie. C'était... des cailloux ?

– Destry, chuchotai-je dans la chambre illuminée par le clair de lune. Tu as entendu ?

– Hmmmpf, grogna-t-elle. J'espère que c'est une bonne nouvelle, gémit-elle alors qu'un nouveau caillou cognait la fenêtre.

Elle leva son masque de sommeil et remonta le store pour regarder dehors.

– Génial. Un taré avec une assiette pleine de petits hamburgers roses.

Des petits hamburgers roses...

– Hein ? m'écriai-je en bondissant de mon lit jusqu'au sien.

Dehors, sur la pelouse, se tenait Raj, la tête levée vers la fenêtre, une assiette de macarons dans les mains.

– Mince alors, soufflai-je. C'est *lui* !

– Sans blague, fit Destry en bâillant. Il fallait vraiment qu'il se pointe à minuit, il ne pouvait pas attendre le matin comme quelqu'un de normal.

Mais, même en disant cela, elle souriait jusqu'aux oreilles.

– Qu'est-ce que je fais ? demandai-je.

– Tu plaisantes ? Arrête de pleurer sur ton sort et descends !

Je ris et la serrai contre moi.

– Tu sais, je crois que je pourrais apprendre à aimer partager une chambre avec toi.

– Oui, oui, allez, vas-y maintenant !

J'essayai de courir sur la pointe des pieds jusqu'en bas tout en enfilant mes boots et un manteau en chemin. Dehors, la pelouse était teintée de bleu par les rayons de la lune. Voir Raj sourire me fit exploser le cœur.

– Salut, princesse, dit-il tout bas. Tu voudrais partager un macaron avec moi ? Il paraît que les partager peut connecter les gens.

– Je... je... qu'est-ce que tu fais là ? bégayai-je. Je croyais que tu me détestais. Quand tu es parti, tu as dit qu'on ne serait jamais amis.

– Parce que c'est vrai, puisqu'on est déjà plus que ça.

Oh. Mon cœur enfla. *Oh !*

– Mais... alors, pourquoi tu es parti ?

Je ne comprenais rien à la situation.

– Je suis parti pour aller chercher mon père et le convaincre de m'accompagner à la pâtisserie pour lui montrer mes dessins. Et, aussi incroyable que ça puisse paraître, il les a adorés ! Et il a accepté de me laisser prendre les cours d'art l'année prochaine tant que je continue à avoir des bonnes notes.

– C'est génial, Raj. Je suis vraiment contente pour toi.

Il s'approcha en me dévisageant de ces yeux vert mordoré.

– C'est grâce à toi, murmura-t-il en écartant doucement une mèche de cheveux de mon visage. Sa main descendit jusqu'à ma taille et resta là.

– Tu sais, ces dernières semaines je n'ai pas été très honnête non plus. Il y a quelque chose que je ne t'ai pas encore dit.

– C'est quoi ? demandai-je, électrisée par la chaleur de sa main.

– Une partie de moi croyait que c'était toi, depuis le début. J'ai failli te poser la question plusieurs fois, mais je n'ai jamais réussi.

Il se pencha vers moi.

– Je *voulais* que tu sois la princesse. Depuis le début.

J'étais tout étourdie de surprise et de bonheur.

– C'est vrai ?

Il hocha la tête et prit mon visage dans ses mains.

– Tu es parfaite pour moi, Lise. Je crois qu'on était tous les deux trop têtus pour s'en rendre compte.

Mais c'est pour ça que j'ai fait ce dessin de toi à Author's Ridge, l'autre jour. Tu m'inspires. Tu étais si belle, assise là à rêvasser. Tu *es* si belle.

Je lui souris, le cœur battant.

– Tu n'es pas mal non plus.

Raj sourit à son tour.

– Alors... redis-moi. Comment la grenouille se transforme-t-elle en princesse ?

– Un baiser ? dis-je en respirant à peine.

– Alors je me permets, dit-il.

Ses lèvres douces se posèrent sur les miennes. En tombant sous le charme, je me rappelai mon rêve de Mme Leroux et je me demandai si, quelque part, d'une manière ou d'une autre, elle souriait en ce moment. La Princesse Grenouille avait enfin trouvé son prince et, sans le Délice Sucré, ça ne serait jamais arrivé.

Je souris en sachant précisément ce que j'écrirais dans cet article lundi matin :

Au Délice Sucré, une chose est sûre : les macarons sont doux comme un coup de foudre et magiques comme un baiser au clair de lune à minuit.

Les recettes de macarons

Envie de quelques macarons nocturnes ? Lise et Raj se sont régalés avec ces délicieuses gourmandises et, à présent, tu peux les confectionner toi-même ! N'oublie pas de toujours demander l'aide d'un adulte quand tu utilises les plaques chauffantes, le four, ou quand tu manipules des plats chauds. Et le plus important : partage ces gâteaux avec tous les gens que tu aimes !

Macarons à la vanille

160 g de sucre glace
50 g de poudre d'amande
2 blancs d'œufs (à température ambiante)
4 cuillères à soupe de sucre
½ cuillère à café d'extrait de vanille
120 g de crème au beurre aromatisée à la vanille (des préparations toutes faites se trouvent dans les magasins spécialisés)
1 poche à douille à embout rond

Préchauffe le four à 180 °C. Étale du papier sulfurisé sur deux plaques de cuisson. Dans un blender ou un robot mixeur, mélange le sucre glace et la poudre d'amande jusqu'à en faire une poudre fine. À l'aide d'un fouet électrique, bats les blancs en neige dans un petit saladier jusqu'à ce qu'ils commencent à peine à devenir fermes. Ajoute petit à petit le sucre jusqu'à ce que le mélange devienne mousseux et forme de petites pointes (il faut battre 1 ou 2 minutes). Ajoute l'extrait de vanille et continue de mélanger jusqu'à ce qu'il soit bien intégré. Tout doucement, incorpore le mélange sec dans tes blancs en neige en mélangeant avec une spatule. Avec une cuillère, remplis la poche à douille de ce mélange. Puis, à l'aide de celle-ci et de son embout rond, étale des ronds de pâte d'environ 2,5 cm de diamètre sur les plaques de cuisson en les espaçant de 3 centimètres chacun. Tapote les plaques de cuisson doucement sur le plan de travail pour que les cercles s'étalent un peu. Enfourne pendant 15 à 18 minutes. Sors les plaques du four et laisse refroidir avant de retirer les biscuits des plaques. Étale doucement une grosse cuillère à café de crème au beurre à la vanille sur le côté plat de l'un des biscuits. Puis viens y coller un autre biscuit pour former un sandwich. Laisse reposer une journée avant de servir afin que les saveurs se mélangent.

Bon appétit !

Macarons au chocolat

Pour les macarons :
160 g de sucre glace
50 g de poudre d'amande
4 cuillères à soupe de cacao en poudre non sucré
2 blancs d'œufs (à température ambiante)
4 cuillères à soupe de sucre
1 poche à douille à embout rond

Préchauffe le four à 180 °C. Étale du papier sulfurisé sur deux plaques de cuisson. Dans un blender ou un robot mixeur, mélange le sucre glace, la poudre d'amande et le cacao jusqu'à en faire une poudre fine. À l'aide d'un fouet électrique, bats les blancs en neige dans un petit saladier jusqu'à ce qu'ils commencent à peine à devenir fermes. Ajoute petit à petit le sucre jusqu'à ce que le mélange devienne mousseux et forme de petites pointes (il faut battre 1 ou 2 minutes). Tout doucement, incorpore le mélange sec au cacao dans tes blancs en neige en mélangeant avec une spatule. Avec une cuillère, remplis la poche à douille de ce mélange. Puis, à l'aide de celle-ci et de son embout rond, étale des ronds de pâte d'environ 2,5 cm de diamètre sur les plaques de cuisson en les espaçant de 3 centimètres. Tapote les plaques de cuisson doucement sur le plan de travail pour que les cercles s'étalent un peu. Enfourne pendant 15 à 18 minutes. Sors les plaques du four et laisse refroidir avant de retirer les biscuits des plaques. Il est temps de faire la ganache.

Pour la ganache :
120 de crème fraîche épaisse
120 g de chocolat à cuire haché en morceaux

Mets le chocolat haché dans un saladier de taille moyenne. Fais bouillir la crème fraîche dans une casserole. Verse la crème sur le chocolat et mélange jusqu'à ce que la mixture soit uniforme.

Une fois que la ganache a bien refroidi, étale-la délicatement sur la surface plane d'un des biscuits au chocolat. Puis viens coller un autre biscuit pour former un sandwich. Laisse reposer une journée avant de servir afin que les saveurs se mélangent.

Bon appétit !

Macarons à la framboise

160 g de sucre glace
50 g de poudre d'amande
2 ou 3 gouttes de colorant alimentaire rouge
2 blancs d'œufs (à température ambiante)
4 cuillères à soupe de sucre
1 poche à douille à embout rond
120 g de confiture de framboise

Préchauffe le four à 180 °C. Étale du papier sulfurisé sur deux plaques de cuisson. Dans un blender ou un robot mixeur, mélange le sucre glace et la poudre d'amande jusqu'à en faire une poudre fine. À l'aide d'un fouet électrique, bats les blancs en neige dans un petit saladier jusqu'à ce qu'ils commencent à peine à devenir fermes. Ajoute petit à petit le sucre jusqu'à ce que le mélange devienne mousseux et forme de petites pointes (il faut battre 1 ou 2 minutes). Ajoute le colorant alimentaire et mélange jusqu'à ce que le rouge soit bien intégré. Tout doucement, incorpore le mélange sec dans tes blancs en neige en mélangeant avec une spatule. Avec une cuillère, remplis la poche à douille de ce mélange. Puis, à l'aide de celle-ci et de son embout rond, étale des ronds de pâte d'environ 2,5 cm de diamètre sur les plaques de cuisson en les espaçant de 3 centimètres. Tapote les plaques de cuisson doucement sur le plan de travail pour que les cercles s'étalent un peu. Enfourne pendant 15 à 18 minutes. Sors les plaques du four et laisse refroidir avant de retirer les biscuits des plaques. Étale doucement une grosse cuillère à café de confiture sur le côté plat de l'un des biscuits. Puis viens y coller un autre biscuit pour former un sandwich. Laisse reposer une journée avant de servir afin que les saveurs se mélangent.

Bon appétit !

Cet ouvrage a été mis en pages
par DV Arts Graphiques à La Rochelle

Impression réalisée par ROTOLITO S.p.A.
en avril 2019
pour le compte des Éditions Bayard

Imprimé en Italie